JE SOUHAITE QUE JE EU CELLES GRANULES D'ESSENCE

CARL KEGERREIS

JE SOUHAITE QUE JE EU CELLES GRANULES D'ESSENCE

EComRocket
4915 54 St.3 e étage , Red Deer AB, T4N 2G7

www.ecomrocket.net
info@ecomrocket.net

(403)-755-8677
1 888 498 9380

ISBN : 978-1-77419-146-0 (Broché)
ISBN : 978-1-77419-147-7 (eBook)

Masse réductions de commande sont disponible par Éditions EComRocket

Pour Suite informations, e-mail commandes @info@ecomrocket. net ou appeler

+1-866-269-9719

C'est une histoire de fiction dont je suis certain que nous souhaitons aujourd'hui qu'elle soit vraie . 'Les noms des personnages, des entreprises. et les lieux et tous les noms religieux sont fictif.

PRÉFACE

Aujourd'hui, avril 25, 2020, je eu à prendre poster à la local Publier Bureau, et je remarqué le différent des prix de de l'essence. Un signe a montré 1,19 $ par gallo n , un autre 1,47 $, et le dernier signe à une local épicerie le magasin pour 1,32 $. je a été en pensant ce voudrais être formidable si l'histoire vous sont sur à lire a été

vrai, mais *ƒ Souhaiter je Avait Celles De l'essence Pellets* est fiction.

Je suis un vétéran qui a été enrôlé aux États-Unis l'armée en 1961. J'étais étudiant à la Ball State University , Muncie , Indiana , et je manquais d' heures de cours . J'ai été enrôlé dans l'armée . J'avais terminé l'école de police militaire à Fort Gordon, en Géorgie, et j'ai été transféré à Lackland Air Force Base , San Antonio, Texas, pour s'entraîner avec militaire sentinelle chiens pour Sécurité à nous missile bases. Tandis que attendant dans mon uniforme lors d'une escale à l'aéroport je n Da lla s, Texas, je a été approché par une grouper de gens protester en g la militaire. Un personne cracher sur mon uniforme. Si ma chien de garde , Kim, avait été avec moi, le manifestant s jamais ont osé à approcher moi Comme cette.

des hommes et j'ai nettoyé le sp de ma uniforme. À présent, ans plus tard, tandis que être commandé par notre Le gouverneur de l'Ohio doit rester chez lui en raison de la pandémie, que mémoire et les prix de l'essence se sont combinés pour donner vous cette récit à lire.

pris ma retraite le 31 décembre 1999 de la CSX Transport Chemin de fer Police fédérale après trente-trois ans. J'ai été promu lieutenant , capitaine et chef de division. je ont travaillé cas avec la Uni États Secret Un service, Federal Drug Administration et Federal Bureau of In vestigation dans ma formation. J'ai également travaillé avec l'État, le comté et les organismes locaux d'application de la loi . J'ai été président des associations de police des chemins de fer de Pennsylvanie, de l'Ohio, de l'Indiana et du Michigan . J'appartiens et soutiens éd la Ohio Chefs de Police avec le _ comté du shérif Associations _ dans Elle lb y, Sénèque, Bois, et Lucas comtés. Je suis marié à l'amour de ma vie depuis cinquante-huit ans, et J ont Trois enfants et cinq petits enfants.

Comme moi , vous avez sans doute remarqué à quel point l'essence les prix continuent de changer et comment les États continuent de ajouter les taxes au prix . Les prix semblent augmenter même si vous sont pompage la liquide dans ton Char.

Vous sont probablement se demandant Pourquoi je décidé à écrivez cette histoire sur le capitaine O l ey de l'armée de l' air des États-Unis Washington Jr., qui a été à recevoir la Uni États Médaille d'honneur du Congrès du président des États-Unis . Pour dire la vérité, je ne sais pas où chaque chose dans cette histoire vient du seul fait que j'ai une ima gi nation colorée . En lisant cette histoire, vous allez découvrir surprises , _ tristesse, danger, passionnant aventure , et une nouveau , étourdissant _ _ Découverte cette tu ferais être formidable si ce a été réel.

JE SOUHAITE QUE JE EU CELLES GRANULÉS D'ESSENCE.

1t pourrait sauver tout nous d'acheter à nouveau de l'essence. Malheureusement, cette récit est fiction- Pardon sur cette. Mais je espoir vous Profitez ce juste la même!

CONTENTS

COMBAT LA ENNEMI

Capitaine de l' armée de l'air des États- Unis Oley Washington Jr. , avec _ _ salut s équipage de cinq dans autre jet p voie s, a été voler

Vietnam pour lâcher des bombes , des balles et des roquettes sur camions chargés de soldats ennemis . Ils se déplaçaient vers la de face ligne à se battre notre r américain soldats.

Oley a vu les bombes qu'ils ont larguées entrer en éruption explosions ci-dessous et a livré une bombe lui -même qui a explosé un camion chargé d' ennemis . Il s'est éloigné de la zone, prenant de l' altitude , lorsqu'un voyant d' alerte est apparu o n le sien radar écran. Une ennemi fusée a été à propos de à frapper le sien section de queue de l'avion . Oley a tenté de manœuvrer son avion mais ressenti l' explosion . Il perdait le contrôle et l'avion a été chute. Il lutté avec la contrôles, mais à non profiter. Abandonnant , il tira rapidement le levier d' urgence , ce qui l' a propulsé hors de l' avion . Son siège est tombé et son parachute ouvert. Son équipage a vu qu'il s'était éjecté de la plan e et protesté lui comme il flottant vers le bas. Frappe la sol dur, Oley roulé sur couvert dans salut s para c cabane e. Il laissa tomber la dernière sangle de parachute et commença ramper vers le les bois, gémissant à partir d'une s h a rip papa dans dans sa jambe. L' air froid engourdit son visage. Rampant dans le fourré sombre, il se rapprocha des arbres. Bruits d'animaux étaient Fermer et bruyant, et il Raconté lui -même , '1'm dans une jungle." Trouver un vieil arbre tombé couvert de broussailles, il a rampé un derrière les branches. En même temps, il pouvait entendre et voir soldats ennemis courant dans la jungle près de lui. Il a sorti son pistolet militaire de calibre .45 chargé d'un silencieux de son étui et l'a pointé vers eux alors qu'ils couraient devant lui. Satisfait qu'ils ne le voient pas, il le replaça dans son étui. C'est alors qu'il a entendu quelqu'un crier et a vu l'un des l'ennemi soldats holding en haut le sien parachute.

Les soldats rapidement cherché par la jungle tandis que Oley a fait de son mieux pour rester aussi silencieux que possible. Il a presque pleuré en dehors lorsqu'un de L'homme frapper la brosser à droite au-dessous de le sien pieds avec une coller avant d'être commandé loin. Après plusieurs minutes d'attente, Oley a cessé d'entendre des voix. Il a remercié Dieu que l'ennemi n'ait jamais trouvé lui et s'assit. Les rotors d'épinglage s d'un l'hélicoptère a retenti, et Oley supprimé une petit militaire radio à partir de le sien de face veste poche. Il poussé le bouton, mais aucun voyant rouge ne s'est allumé. Il pouvait écouter l'hélicoptère obtenir plus proche. Il revenu la radio à le sien poche et supprimé le sien à droite militaire botte, masser le sien jambe. Il tiré une petit premiers secours boîte à partir d'une grande poche dans le sien les pantalons. Il ensuite entendu l'hélicoptère au-dessus de lui et attrapa la radio de sa poche, appuyé sur le bouton. Toujours pas de feu rouge. Il a examiné le ra di, découverte une grande fissure sur le retour si de. Il supprimé le retour de la radio, voyant une cassé fil. Il tapé ça un fil et appuyé sur le bouton, et il y avait le rouge lumière. Oley tout doucement chuchoté dans la radio, " Ange Un, Unegel One pour le sauvetage." Il attendit plusieurs minutes, puis mentionné, "Ange Un, ange Un pour la porter secours."

Il attendit, puis entendit : « Ange Un, Ange Un, nous ne fais pas voir vous. Montrer toi-même."

Oley répondu, "Ange Un, dans les bois cache, jambe blesser à partir d'un atterrissage, et évitant la capture. Terre à côté des bois avec une clairière où je peux ramper jusqu'à toi." Oley voulait saut pour joie lorsqu'il entendu, "Ange Un, voire clairière et un atterrissage."

Il rampait hors des broussailles lorsqu'il a entendu un explosion et coups de feu. Il s'est levé et a vu le buste l'hélicoptère fumant et l'ennemi tirant toujours _ des fusils sur lui et son équipage. Il s'est rendu compte qu'il voulait être sauvés peuvent avoir causé leur mort. Il gisait sous le broussailles et arbre quand il entendit un petit bruit. Il a attrapé son revolver de calibre .45 en le pointant vers le bruit. Il ne pouvait pas croire ce qu'il voyait : un énorme serpent était glissant vers lui. Oley resta immobile, regardant le serpent. Il avait une grosse tête, des yeux en forme de diamant et un langue noire entrant et sortant de sa bouche. Le serpent se déplaçait rapidement, plus près de lui, quand il a tiré avec son arme avec une petit _ pop sonner. Le serpent non _ plus long déplacé. Il tiré le serpent mort à lui avec une branche d'arbre avant de s'asseoir sous le pinceau. Il coupa le serpent en petits morceaux, remerciant Dieu pour la nourriture, et mangea de la viande de serpent crue et mis la du repos dans le sien les poches.

Il commençait à faire noir. Son plan était de vérifier le buste hélicoptère et l'équipage . Il nuit, espérant en trouver un toujours vivant et avoir besoin aider. En regardant à le sien Regardez avec une petite lumière, il scie ce a été à présent minuit. Satisfait la

L'ennemi avait quitté la zone, il a rampé hors des broussailles et de sous l'arbre à l'hélicoptère. L'hélicoptère était un gâchis d'acier encore fumant du feu après qu'il s'est écrasé. Rampant plus près de l'hélicoptère, il écouta l'ennemi et atteignit la porte du poste de pilotage de l'hélicoptère. Tout doucement soulevant son corps, il regarda par la fenêtre brisée et je pouvais voir le regard de la mort sur le pilote et le co-pilote, toujours harnachés dans leurs sièges. Travaillant son chemin à travers la torsion chaud acier, il gagné accès dans I le cop jet vérification tous les officiers mais confirmant que tous étaient morts. A l'intérieur, Ici, les plaques d'identité de chaque agent ont été retirées pour les remettre à leurs des familles. Oley a continué à se déplacer autour de l'hélicoptère, découverte aliments à manger. Le cru serpent Viande il a mangé plus tôt a été lui causant de fortes douleurs à l'estomac. Il a mangé des crackers et bu de la soupe de tomates crues en boîte. En regardant sa montre, il a vu qu'il était maintenant 2h00 du matin, 50 il a décidé à retourner à son cache lieu.

Il tout doucement chuté en dehors de l'hélicoptère et rampé

Rapidement vers les bois. Il a arrêté de ramper quand il entendit l'ennemi hurler et courir vers lui. Il a sorti son revolver de son étui, qui est tombé à partir de le sien main lorsqu'il a été salut _ _ dans la diriger par un fusil. Puis il a été ramassé par des soldats ennemis et placé sur un sol sale plancher de camion militaire. Les soldats ennemis étaient assis autour de lui, criant, riant et parlant tout en pointant leurs armes vers lui. Lui. Oley ferma les yeux et pria, " Dieu, s'il te plait pour donne-moi. " Oley croyait qu'il serait bientôt mort comme l'hélicoptère équipage.

DEUX

SURVIE

Quelques années plus tard, Rouge, une sans - abri, était derrière la Trident Épicerie dans Détroit, Michigan, escalade dans

Une benne à ordures appartenant au magasin. Le rouge ressemblait il avait plus de soixante-dix ans, mais il était vraiment dans la soixantaine. Il avait de longs cheveux gris roux et une longue barbe et portait un chemise, veste et pantalon sales et en lambeaux. Il a donné un coup de pied à la poubelle, à la recherche d'un prix spécial qui pourrait se cacher dans le débris. En retournant une grosse boîte, il trouva une boîte à cigares avec un cigare écrasé encore à l'intérieur. Il a atteint dans la poche du tom sur sa veste, essayant de trouver une allumette pour allumer le cigare mais n'en a trouvé aucun. Il a mâché le cigare, crachant le jus en donnant des coups de pied et en retournant la poubelle pour trouver quelque chose à manger ou à utiliser plus tard. La porte du magasin s'est ouverte sur le pont arrière, et en l'entendant, Red est sorti de la benne à ordures. Le propriétaire du magasin, Mike Trident, a crié : « Red, est-ce que vous dans notre r déchets poubelle ?"

Rouge répondu, "Ouais, M. Trident, c'est moi. "

Mike, un grand homme, marché vers le bas la plate-forme pas car un paquet emballé taché de sang. Souriant à Red, Mike remis lui la paquet contenant pièces de cru

Viande.

Mike serra la main sale de Red, et d'un air très inquiet regarde, dit "Red, tu as été dans ma benne à ordures plusieurs ans."

Rouge répondu, "Remercier toi, M. _ Trident"

Mike a retiré sa main de celle de Red en lui disant : "Je suis effrayé un de ceux-ci jours je vais à trouver ton rigide corps dans notre poubelle si vous continuer à obtenir dans ce."

Red a atteint la poche avant de son pantalon, tendant Mike nombreuses vert pellets cette regardé Comme bonbons à Mike.

"Remercier toi, M. Trident," rouge mentionné.

Mike jeté le bonbon dans le parking. " Merci, mais non merci, Red," dit-il. "Je ne mange rien de moi une benne-et non plus ça devrait vous."

En entendant le tonnerre, Red dit au revoir à Mike et s'est éloigné. Mike leva les yeux vers les nuages sombres et re tourné au magasin.

Rouge a ouvert une porte et courait vers les bois quand plusieurs enfants du quartier, riant et hurlant, jeta des ballons chargés avec l'eau à lui. Une peu de la des ballons frapper rouge juste avant d'il disparut dans la les bois.

" Puisque tu ne prends jamais de bain, nous avons décidé de t'aider, vieille homme !" un du garçon crié. Rouge ralenti vers le bas, étape p in g sur les broussailles jusqu'à ce qu'il atteigne un vieil immeuble vacant cette eu été une banque beaucoup ans avant de. Le rouge était reconnaissant a ont cette vieille brique immeuble comme le sien domicile.

Non un à l'exception rouge eu été dans l'immeuble pour ans. Il était couvert d'arbres et de broussailles, et Red avait créé n secret chemin dans l'immeuble. Il trouvé le lieu plusieurs il y a des années après avoir sauté d'un train de marchandises vide boîte auto tandis que ce a été tout doucement qui passe par là les bois.

Saisir n g quelques vieille papier, il séché lui-même étaient la

Les ballons avaient le frapper. Il a trouvé sa vieille poêle qui il avait nettoyé plus tôt avec de l'eau de pluie stockée dans un bois baril. Il déballa les restes de viande et les plaça dans la casserole sur un petit brûleur à gaz. Atteindre quelques vieux cassés étagère au-dessus là l'eau baril, il saisit une pouvez de des haricots il avait trouvé dans du trident poubelle.

'This11 être un bon repas ce soir, " lui murmura-t-il soi. Il fouilla dans un tiroir en bois cassé qui contenait un c un ouvre-porte et plusieurs oignons ratatinés. Ouverture de la boîte de haricots et trouvant un bon oignon, il les plaça dans la poêle avec là moi à restes.

Demanda si le petit réchaud à gaz avait assez carburant pour cuisiner sa nourriture et pensait au moment où il trouvé la bouteille de gaz dans la benne à ordures derrière Wesswell Compagnie de   d e   gaz Il y avait du gaz quand il a ouvert la buse, croire le cylindre a été sur un troisième complet. Il n'a pas jamais vouloir à rencontrer l'entreprise employé qui eut la menace l'envahit à nouveau. L'homme était grand, criant et jurant tandis que rouge traîné la cylindre r un moyen à partir de la poubelle. Red offrit à l'homme en colère des plombs de sa poche, mais l'homme avait crié, juré et jeté les plombs sur   le sol, _ en essayant à écraser eux avec le sien le pied.

Assez de gaz était dans le cylindre, et il en réjouit son repas de haricots, Viande restes, et oignon. Il nettoyé la poêle et une fourchette avec eau de pluie cette il recueilli dans un baril à partir du ruissellement du toit. Puis il a accroché la casserole et la fourchette rouillées ongles cette élargi à partir d'une cassé étagère.

Dans pendant ce temps, La montgolfière de Red attaquer les fourmis étaient attrapé par le père Pario, un prêtre de l'église catholique St. Reba Église. Père Pario scie la enfants lancement l'eau

Ballons à Red et les avait approchés après que Red avait eu couru un moyen. Leurs parents étaient membres de son église et il r e connu eux immédiatement.

"1 1 1 donner vous les enfants choix, " il dit le m sévèrement. " Vous

Pouvez Soit m'excuser à cette pauvre vieille homme ou visage ton parents. "

Les enfants ont accepté de s'excuser. Le Père Pario a ouvert la porte, et ils descendirent le chemin vers les bois se terminant aux arbres énormes, aux broussailles et aux hautes herbes. Le père Pario a appelé out pour le vieil homme. Alors les garçons ont crié, "Hé, mon vieil homme, étaient Pardon !"

Là a été non-réponse, et le vieil homme n'a pas Afficher Lui-même.

Le père Pario baissa les yeux sur les garçons. "Tu as essayé de excusez-moi, et vous devez maintenant me promettre que vous ne le ferez pas encore. Faites-vous pro mise ?"

Le garçon hocha la tête leur têtes.

" Nous sommes désolés," dit l'un des garçons. "S'il vous plaît ne dites pas notre parent, Père."

Le père Patio les regarda, satisfait. "Je ne dirai pas tes parents cette fois, mais tu ne dois jamais répéter ça. Je suis cette compris ?"

Il hocha la tête leur têtes et s'est excusé encore.

TROIS

UN VOYAGE À LA CASINO ET UNE SURPRENDRE

Haywood apporta le journal du matin dans la cuisine. Le sien épouse, Lily, a été placement vaisselle dans leur lavage de vaisselle

Euh. Haywood écouté à un journaliste de la télé parler de l'étrange apparition de flaques d'essence à Détroit, Michigan. "Le prix de de l'essence est à présent 340 $ un baril et en hausse. L'essence ordinaire devrait maintenant coûter au consommateur 3,50 $ le gallon avec les nouvelles taxes d'État, et le prix par gallon peut grimper encore plus haut. Pouvez- vous croire que de l'essence a été trouvée partout dans le parking de l'épicerie Trident terrain à Detroit et sur le terrain chez Société Wesswellprès de leur benne arrière ? Propriétaire Mike Trident chez Tridents Grocery a déclaré que personne n'avait signalé avoir perdu de l'essence dans son parking, et il n'a aucune information sur la façon dont le de l'essence y était placée. Le service d'incendie local a été appelé, et ils ont utilisé de la mousse pour enlever l'essence aux deux Emplacements."

Haywood ne pouvait pas croire Quel il juste entendu.

Il aussi scie une un d pour une super accord à une Casino dans Pouvez-

Ada et l'a montré à Lill y. « Nous devrions aller au Canada », a-t-il mentionné. "Cela pourrait être un voyage amusant, et nous obtenons un buffet de déjeuner gratuit au casino. Le bus tarif est seulement vingt-cinq dollars."

Lilly regarda Haywood. "Combien d'argent sommes-nous aller en g à passer au casino ?"

Haywood a été ne pas surpris car Lily manipulé la famille budget et.

"Chérie," dit-il, "j'ai une idée. Que diriez- vous nous ne prenons chacun que cinquante dollars à dépenser au casino, et celui qui ramène le plus d'argent à la maison en reçoit cinquante de plus dollars à partir de notre budget ?"

Lilly sourit. "Puis- je obtenir _ la cinquante à présent plutôt d'Aller   au casino ?"

"Nous passerons une journée amusante et ne dépenserons pas d'argent en essence", Haywood mentionné, souriant retour.

Lily ri. "Oui. Bien passer notre de l'argent à la Californie si non."

Haywood a appelé le terminal de bus local, faisant vantions itinérantes pour lui-même et Lilly.

Le suivant jour Haywood et Lily Runyan embarqué le bus par le centre commercial de la ville avec les autres passagers seniors dirigés pour le Canada et le casino. Les sièges du bus ne permettaient pas beaucoup de place pour les jambes de Haywood. Lilly était assise de la fenêtre de bus _ après avoir placé une glacière avec plusieurs bouteilles de du froid l'eau au l'étage par sa pieds. Lily ensuite mis sa

Épaule de Haywood et ferme les yeux. Il j'ai regardé à sa femme bien - aimée, sa meilleure amie et amante, qui il aurait été marié à pour quarante ans. Il ensuite mis salut s

Diriger au sa tête et fermé le sien les yeux un s la bus a continué en mouvement.

Le bus est arrivé au casino Canada, et Haywood Je ne

pouvais pas croire à quelle vitesse ils traversaient la frontière des États-Unis. Le bus s'était arrêté au Canadian gate, et il a entendu le chauffeur du bus dire aux douaniers officier, "J'ai mon autobus rempli de personnes âgées qui se rendent au casino." le douane officier soulever le portail et fait signe pour que le bus continue. Haywood se demandait pourquoi il avait besoin   son passeport, le permis de conduire de Lilly et sa naissance certifier.

Le chauffeur du bus était d'âge moyen et petit avec un moi carrure moyenne et une moustache courbée vers le haut côté de son nez. Il portait une veste avec un ancien combattant prisonnier de symbole de guerre. Le chauffeur du bus se leva, parlant aux séniors. "Les gens, j'ai besoin de votre attention maintenant ! C'est le bus numéro 218, et Je reviendrai ici à 16h30 et partira d'ici à 16 h 45. Vous, les aînés, devez sois dans ce bus à 16h45 ou tu dois en trouver un autre retour à la maison. Tous les seniors réglez vos montres sur mon heure à présent, 11 :20 un m Cette bus sera partir à 4 :45 pm, et vous devez conserver votre même siège dans ce bus à votre retour. Je ne séparerai pas les personnes âgées qui se battent pour des sièges. Je vais maintenant distribuer les cartes de casino que vous devez remplir avant de partir cet autobus pour aller dans. Faire vous a quelconque des questions ?"

Haywood n'aimait pas l'attitude des chauffeurs de bus ou à remplir en dehors cartes pour le casino. Cependant, les cartes étaient obligatoires pour le casino certificats pour la déjeuner gratuit buffet. Les employés du casino sont montés dans le bus, prenant les cartes de la personnes âgées et donnant en dehors la buffet certificats.

Haywood et Lilly sont entrés dans le casino, à la suite de la personnes âgées sur l'escalator en bas jusqu'au buffet du déjeuner. Ils apprécié la gratuit déjeuner et revenu à l'escalier mécanique

Entrer dans le casino. Haywood ne pouvait pas croire combien les machines à sous étaient allumées et faisaient du bruit. Ils continuent ued sur le prochain escalator allant au deuxième étage dans le casino. Il tenu Lilly's main comme Lily Raconté lui, "Étaient seul dépenses cinquante dollar au l'insérer Machines. "

Il rit et répondu, "Oui, laisser la Jeux commencer, comme je J'ai hâte de rentrer à la maison et de récupérer les cinquante autres dollars." Lilly sourit, pointant du doigt les machines à sous. Elle était bientôt en jouant eux, tandis que Haywood décidé à jouer la machine à sous nickel. Il a continué à jouer de la machine, attendant pour la Trois des poires à Afficher au l'écran. C'est Quel il avait besoin gagner les 100 000 $ cagnotte. Tous les autres symboles montrés sur l'écran à l'exception des trois poires, et il rapidement perdu vingt dollars. Assez avec cette machine, il pensé, se déplaçant à la machine quarte. L'annonce lumineuse re- portant un gain d'un million de dollars sur celui-ci. Il a placé une autre vingt dollars en la machine et rapidement perdu quinze de ce. Il dépensé nombreuses les heures au la machine après gagner de petites sommes et une canadien billet de cinquante dollars. Cela fait lui heureux, comme il à présent eu sur cinquante-cinq dol

Lars et voudrais gagner les cinquante dollars à maison.

Lily a été toujours en jouant la même penny machine. "Hey, chérie, devine Quel ?" Il mentionné. " je a été jouer La trimestre machine et eu une canadien cinquante, et je Toujours ont une autre cinq dollars."

Lily secoué sa tête, ouverture sa chatte pack à Afficher Haywood nombreuses canadien cinquante dollars facture s.

Haywood rit "Nous toujours ont à monnaie la cure rancie aux États-Unis et Conseil le bus, alors nous ferions mieux d'y aller en dehors."

Ils embarqué le bus à 4h30 pm et étaient surpris

À voir la personne âgée au Le bus déjà. À 4 :45 pm ., l' autobus chauffeur est monté dans le bus , comptant toutes les personnes âgées dans y compris Lilly et Haywood. Le bus a quitté le casino, moves le tunnel des États-Unis. Arrivée au gate, qui était fermée, le chauffeur du bus a ouvert le bus porte. UNE Uni États Douane officier embarquer le bus, vérifier les passeports des personnes âgées, les permis de conduire et naissance certificats. Les documents de chacun étaient soigneusement vérifiés. Le douanier s'est approché de Haywood et reconnu en regardant son passeport. Ce à ms bureau r eu travaillé avec Haywood à l'un criminel affaire de vol et d'enlèvement alors que les criminels tentent autoriser à entrer au Canada à partir des États-Unis. Haywood s mille, s'étendant le sien main à la douane officier.

" Ça fait longtemps que je ne t'ai pas vu, Haywood, " la douane officier dit.

Haywood se tenait et secoué la d'officier main. "Mac ! Quelle belle surprise », a-t- il déclaré. « J'ai finalement pris ma retraite FBI. Je suis profité tous minute de ma retraite." Il a donné Lilly un câlin et un bisou. "C'est la vraie raison pour laquelle j'ai pris ma retraite et Pourquoi je un m profiter ce. Cette est mon épouse, Lilly."

Le crochet du douanier sa main, ne demandant pas quelconque identification. "Oh Oui, je peux voir Pourquoi vous sont je me réjouis votre retraite."

"Être prudent et rester en sécurité," Haywood dit.

Mac a continué à vérifier le reste des personnes âgées sur le bus et agité à Haywood et Lily comme il à gauche la bus.

Le bus déménagé par Détroit sur l'intestat. Une

Vieil homme assis derrière Haywood le tapa sur le l'épaule, et Haywood tourné sur son siège, voyant l'homme, qui a été partiellement chauve avec grise cheveux. Le vieil homme

Femme était assise à côté de lui, portant une perruque de cheveux et beaucoup de se réconcilier. Elle tenait un grand sac à main noir. Le vieux _ euh l'homme a parlé. « Étiez -vous douanier ? J'ai entendu le douanier frontalier vous parlait, et il avait l'air de connaître vous. Je pensée vous pourrait ont travaillé comme une douane officier."

Haywood essayait de décider combien il devrait dites-lui. "J'ai récemment pris ma retraite du FBI, et je sais Mac, le douanier, depuis qu'on travaillait sur un criminel Cas ensemble quelques temps il y a."

Le vieil homme regarda sa femme. "Tu vois, je te l'ai dit." Il pointu à Haywood. " Il _ a été une douane officier."

L'épouse ébloui au vieil homme. "Tu es ne fais pas écoute, Jim.

L'homme que vous pointiez du doigt a dit qu'il avait pris sa retraite FBI. Le vieil homme revenu l'éblouissement à son épouse.

Haywood a donné un coup de coude à Lilly. "Chérie, quand nous obtenons plus âgée, je espoir nous ne fais pas acte Comme la plus âgée coupler derrière nous." Lilly se tourna sur son siège, regarda le couple plus âgé et d'accord avec Haywood. Elle l'a embrassée, grande et belle mari.

Le bus a continué à se déplacer le long de l'autoroute dans le Limites de la ville de Détroit. Lilly a souligné quelques vieilles maisons de la fenêtre du bus chuchotant à Haywood, "Chérie, comment pouvez gens habitent dans ces pauvres domaines ? "

Haywood répondit : "Chérie, ce ne sont que des gens Comme nous, vie Comme nous."

"Non, ils sont ne pas Comme nous," Lily sa carte d'identité.

Haywood a regardé sa femme et a chuchoté : "Tu viens de   donner moi une super idée. Faire vous vouloir à écouter ce ? "

Lily a commencé en riant et répondu, "Vous nous a amenés ici à

Le casino avec ta dernière idée. Je ai gagné supplémentaire en espèces plus une-

Autre cinquante dollars à partir de notre budget, alors je voudrais aimer à écouter ton Nouveau idée."

Haywood hésita une minute, puis reprit la parole. "Je vais à écrivez une livre sur gens qui habitent dans celles domaines tu es préoccupé par. Mon livre vous prouvera qu'ils sont juste Comme nous."

Il a attendu la réponse de Lilly, mais elle l'a seulement regardé et souri. Il a commencé à pleuvoir et Haywood s'est demandé si de l'essence voudrais être trouvé dans un autre parking pas.

Red, le SDF, captait l'eau de pluie   du toit du bâtiment dans le tonneau. Le ciel était sombre, il y avait du vent et les branches des arbres frappaient le toit du bâtiment. Red avait trouvé des bougies chez Waxxer Can l e Magasins poubelle. Il allumé un bougie et marché à une pièce dans l'arrière de la vieille, sec immeuble, entrant un énorme métal structure et fermé la très lourde porte.

QUATRE

VÉRIFICATION LA QUARTIER

Il le lendemain, Haywood décidé faire un voyage de retour à Détroit. Il ne voulait pas réveiller Lilly. Il a commencé le _ voiture, et le compteur de gaz a montré là le réservoir était presque vide. Il a conduit jusqu'à la station-service la plus proche et rempli jusqu'à son gaz Char. Il ne pouvait pas croire le prix. Il mettre dans Sept gallons adolescents à 3,50 $ le gallon, ce qui totalisait 59,50 $. Il manqué Lily ne pas être avec lui, mais a connu elle vas - tu être

Bouleversé avec la Nouvelle de l'essence des prix.

Tout en conduisant à Détroit, Haywood a pensé à comment il avait rencontré Lilly. Il était un nouvel agent du FBI à Detroit et eu arrêté à avoir une Coupe de café. Ce a été il pleut comme il a couru à l'intérieur, renversant presque la femme debout par la porte du café et lui faisant laisser tomber le plastic tasse de café qu'elle tenait. Haywood s'est excusé plusieurs fois, la voyant renverser du café, et proposé d'obtenir sa une Nouveau Coupe. Lily sourit et D'accord. Ils eu les deux Sam à une table du café, et Haywood commanda deux tasses de café avec deux sandwichs au bœuf. Cette femme était alors tu es baud, et il demandé si elle c'était signifiait à être le sien.

Après avoir commandé la nourriture, il s'est présenté. "

Je suis tellement Pardon. Mon Nom est Haywood Runian."

'1'm Lily Commer, et moi un m Pardon je se tenait dans la porte chemin à cause de la pluie et pas de parapluie. Mais je suis aussi content parce que c'était super d'être avec toi. Je promets que je ne le ferai pas supporter dans plus portes. Pourquoi tu étais dans tel une Hur ry ? A été c'est la pluie ?"

Haywood ne pouvait pas croire que cela se passait comme il regarda sa montre et répondit : « Je suis un agent fédéral du FBI agent," montrant sa salut s badge, "et j'ai une rechercher Cas dans sur quarante-cinq minutes. "

Lilly a apprécié son sandwich en demandant : « Depuis combien de temps vous été dans la FBI ?"

"Je viens de terminer ma formation et d'aller au tribunal sur mon première Cas de vol à une ville Banque," il mentionné.

" Puis - je aller au tribunal fédéral avec vous elle demandé prendre une gorgée de café. " C'est vendredi, et je suis sorti de l'université   tôt aujourd'hui."

Haywood s'est rappelé comment Lilly s'était levée de la table, expliquant qu'elle était professeur de collège universitaire et voudrais aimer à écouter une criminel Cas. Haywood a été toujours penser à Lilly et comment ils se sont rencontrés. Le juge fédéral devant le tribunal pénal avait fixé le procès à une autre date de sorte que le défendeur pourrait avoir un avocat présent. Cela a donné plus temps pour Haywood et Lily à être ensemble.

Haywood tiré en haut à l'allée de l'appartement de Lilly. Elle ouvert l'auto porte, sur à étape en dehors de l'auto, lorsque Haywood lui a pris la main et a dit, "Lilly, ça a été super être en g avec toi, et je voudrais aimer être avec toi encore."

Lily sourit, répondre, « Haywood, remercier vous pour la

Café et le sandwich et de m'avoir permis d'accompagner vous à une criminel essai. Je voudrais aimer à voir vous encore. Voici ma téléphoner numéro. "

Peu de temps après leur première rencontre, ils se sont mariés. Foins le bois ne pouvait pas croire à quelle vitesse quarante ans s'étaient écoulé ter leur mariage.

Arrivé à Détroit, Haywood s'arrêta devant le St. Église catholique Reba. UN prêtre descendait le c marches de l'église et approché lui.

"JE un m Père Parion. Quoi pouvez je faire pour vous, Monsieur?"

Haywood sourit et serra la main du prêtre. "Mon ma femme et moi étions dans un bus hier, voyageant à travers la région de Detroit, et elle regardait ce quartier. Elle m'a dit ' Je ne sais pas comment les gens peuvent vivre ici '. J'ex lui a expliqué que les gens qui vivent ici sont comme nous, et elle pas d'accord."

Le père Pario éclata de rire. « Monsieur, vous auriez dû écouter ton épouse."

Haywood pris une étape retour. "JE Raconté mon épouse cette elle eut venu de me donner une idée pour un livre et c'est pourquoi je suis ici. Faire vous connaître n'importe qui je pouvais écrivez un récit sur qui des vies dans cette quartier ? "

Père Pario pointu de l'autre côté la rue à une vieille debout portail entouré d'herbes hautes. "Un vieil homme sans abri vit quelque part dans les bois. J'ai parlé avec trois de notre église des enfants qui lui ont lancé des ballons d'eau hier alors qu'il était fonctionnement un moyen. Je pris l'enfant à la chemin premier dans à la

Woods pour s'excuser auprès du vieil homme, mais il n'a jamais montré lui-même. C'est tout pouvez dire vous. Il Est vieux et sans abri, et il vient en dehors de là les bois souvent."

Haywood a remercié le père Pario et est retourné à sa voiture. Regardant sa montre, il décida d'attendre et espéra voir le vieil homme.

Barney Nelson, un employé à Fred Rouleaux Le restaurant, a été transporter des sacs d'ordures à la benne à ordures derrière le bâtiment. Il était sur le point à terrain le déchet dans la poubelle quand _ il entendit un bruit et vit un vieil homme qui se tenait là. Barney a placé les sacs à côté de la benne à ordures et a couru dans le bâtiment, criant pour Fred le propriétaire. Fred hocha la tête et rit, rejetant son tablier, et couru à la décharge ster. Il est arrivé comme rouge je montais le côté et ramassé les sacs que Barney avait placés à côté de la déchetterie ster. Rouge a débuté marche un moyen, et Fred saisi lui et pris la Sacs. Rouge regardé vers le bas. Il ce n'est pas le cas voir à Fred. "Comment beaucoup fois j'ai trouvé vous dans c'est sale déchargers ter obtenir nourriture à manger ?" Fred demandé.

Rouge mélangé le sien pieds, agissant nerveux.

"Vous avez été dans cette benne à ordures pendant plusieurs années, et nous à bientôt sur nos caméras", a-t-il dit à Red. "Mais à chaque fois que je avoir en dehors ici à t'attraper, vous ' ré disparu. Pas aujourd'hui. Allons voir ce que vous avez dans ces sacs." Fred regarda dans les sacs et soulevé le sien voix. "Rouge, vous ne peut pas manger cet aliment ! C'est gar bof !"

Fred Roll était un homme petit et mince, presque chauve, portant lunettes. Sa directrice adjointe, Sally Nelson n était Barney 's maman. Tout la des employés heureux de travailler pour Fred Rouleau.

Le restaurant était une structure en pierre et en brique d'un étageture. Windows entouré l'avant et le côté de la construction. Certaines vitrines annonçaient des repas spéciaux et desserts. Haut des arbres offert ombre dans le parking parcelle.

Barney Nelson r retourné à le _ parking parcelle, dis - moi Fred, " C'est lui, c'est le vieil homme que j'ai vu dans notre benne à ordures. " Fred secoué h je diriger, presque perdre sa lunette. Il ré

posa ses lunettes et regarda Barney. " C'est rouge. " Barney regardé à Rouge, tenant salut s nez et hurlant,

"Hey, vieille homme, vous puer. Voir à ton vêtement ! Quand est-ce

Le dernier temps vous eut un bain ?"

Red tremblait et Fred a levé le sien voix. « Barney, tu retournes dans mon restaurant et tu te mets au travail maintenant ! je vais manipuler ce problème."

D'accord, M. Roll, je ' m alors" Barney mentionné.

Fred regarda Red. "Barney est un jeune enfant et n'a pas dire ce qu'il dit. Vous restez ici. Ces sacs vont dans la benne. Je t'apporterai de la bonne nourriture de ma restaurant, mais ne vous attendez pas à cela à chaque fois que vous revenez ici," il mentionné.

Rouge trouvé tel qu'il était sous un énorme arbre sur le côté du parking en attendant Fred qui revient avec une nettoyer sac en papier.

"Voilà de la salade, quelques sandwichs à la viande et un Coupe de glacé limonade pour vous, ma ami," Fred mentionné.

Red se leva, remerciant Fred. Il a alors atteint dans son à la poche du pantalon et à la main Fred des pastilles vertes. Fred avait l'air un peu confus par l'offre, mais sourit et se dirigea vers son restaurant en jetant les plombs dans la poubelle comme ce commencé pleuvoir.

Red assis, appréciant sa nourriture tout en étant protégé de la pluie par les grands arbres. Quand il eut fini de manger, il est touffu le contenant en plastique à l'intérieur sac en papier et je reste ce par le arbre.

Haywood j'ai regardé à le sien auto les fenêtres comme la pluie déversé sur eux. Il était g mec il était dans sa voiture. Regardant sa montre et voyant qu'il était maintenant 1h00 pm . , il se rendit compte qu'il avait attendu que le vieil homme apparaissent pendant plusieurs heures. Il avait faim, alors il a décidé pour trouver un endroit pour déjeuner. Il s'est garé dans le parking à Fred Roll's Restaurant et pénétra dans le bâtiment. Tandis que debout là à attendre que quelqu'un l'aide, il entendit Fred et Barney en parlant sur Rouge.

"Je t'ai entendu parler de l' ancien sans abri homme dans ton poubelle," il mentionné à eux . _

"Un ré toi tu une famille membre de Rouge?" Fred demandé.

"Non , j'étais va écrire un s à ry sur lui après parler avec le prêtre à l'église St. Reba en bas de la rue," Haywood mentionné.

« Êtes-vous un auteur ? » Fred a demandé. "Pas encore," Haywood mentionné.

"Ce vieil homme sans abri est assis sous un arbre dans notre parking beaucoup, manger la aliments notre chef, Fred, lui a donné , " Barney _ mentionné.

Fred Raconté Haywood à viens avec lui à parler à Rouge. Comme ils sont sortis, ils ont senti une odeur d'essence provenant de la benne à ordures , et Fred ne pouvait pas sois en vie Quel il scie. Le sien la benne était remplie d' essence et elle débordait dans la parking parcelle.

"Quoi la...?" Fred pointu vers la arbre où rouge eu été assis g . "Il a été sur là. Excuse moi. je ont à faire quelque chose sur cette essence."

Haywood retourna avec lui au restaurant. Fred appelé la Feu département

Bientôt, les pompiers et la police municipale étaient à

la le restaurant. le Feu département mettre mousse au la gazoligne dans le parking et la benne à ordures. La police était garder les clients curieux et les gens de la région de essayer de voir ce qui se passait quand Haywood re déplacé le sac avec le récipient en plastique et le gobelet pour le sien auto. Il a conduit hors de la parking parcelle, direction le FBI Bureau où il eu récemment à la retraite .

Barney a été sauter et vers le bas je n excitation. "JE Je ne peux pas croire que quelqu'un jetterait et gaspillerait cher de l'essence par verser ce dans notre poubelle."

Fred hocha la tête en regardant les pompiers à travail. La police empêchait toujours les gens de région. Les médias n'étaient plus là et faisaient des reportages sur de l'essence. Nombreuses les gens _ se tenait dans la région avec vide gaz conteneurs d'huile .

Un agent de matières dangereuses de l'État , Jake Broady , a demandé à parler avec Fred Rouleau, la le restaurant propriétaire. Il montré le sien badge et lettres de créance à Fred et lui a demandé : « Comment l' essence est-elle arrivée ? dans la poubelle?"

"JE ont non idée," Fred mentionné.

" je pris déchets _ Sacs à la benne basculante et trouvé une vieille homme dans ce," Barney contribué.

"J'ai presque oublié ça ", dit Fred. "Nous avons cam e ra s environ notre parking parcelle et la poubelle. "

Agent Broady hocha la tête. "Faire vous avoir _ la taper de came époques où des photos sont au une enregistreur?"

" Non, mais notre caissier a peut-être vu quelqu'un pendant regardant notre écran de contrôle », a déclaré Fred . « Parlons à elle ."

Sally Why lick était la caissière de Fred. Elle était jolie femme d' une cinquantaine d'années, grande avec de longs cheveux bruns. Elle eu cerclé d'or lunettes et regardé très professionnel.

Fred l'a présentée à l'agent Broady, qui lui a demandé: « Avez-vousvous été en train de regarder la caméra surveiller?"

Sally hocha la tête en secouant ses longs cheveux bruns derrière le côté droit de son oreille. "J'ai vu quatre personnes par notre benne. Barney Nelson a pris des sacs d'ordures et j'ai aussi vu un vieil homme dedans , puis notre propriétaire, Fred, avec quelqu'un e l se, et c'est tout j'ai vu aujourd'hui."

"À qui cette vieille homme?" Agent Broady demandé.

"C'est Red. Il reste quelque part près d'ici ," Bar ney mentionné.

Fred haussa la voix. "Red n'avait pas d' essence avec lui. Il vient souvent ici, s'immisçant dans notre stupide pster en regardant pour aliments."

"Quelqu'un par ici doit être au courant de cela, et je va le trouver », a déclaré Broady . « Qui était l'autre personne avec vous?"

"JE ne fais pas connaître le sien Nom ou où il vient de, mais il

voulait écrire un livre sur Red après avoir parlé à la prêtre à la St. Réba Église," Fred mentionné.

Agent brady remercié toutes les personnes et à gauche dans le sien van.

Haywood a regardé sa montre et a appelé Lilly sur son portable téléphone tout en se rendant au bureau du FBI. "Salut, ma chérie. Je un m ici dans Détroit, enquêtant cette récit je Raconté vous je a été va écrire . J'ai parlé à un prêtre catholique, le père Pario, qui Raconté moi je devrait ont écouté à vous."

Lilly éclata de rire. "Je suis d'accord. Vous auriez dû écouter moi. Alors lorsque sont vous à venir domicile?"

"J'ai trouvé une vieille homme , sans abri, vivre _ dans

la les bois, et dans le quartier qui vous préoccupe. 1 ont le sien empreintes."

"Pourquoi? Quoi fait il faire?"

ne sais pas s'il a fait quelque chose . je veux juste savoir qui il est pour que je puisse le trouver et lui parler " Hay bois a dit. Je me dirige maintenant vers mon ancien bureau pour voir si je peut lire ses empreintes digitales." Il hésita. " Et s'il vous plaît ne fixer le dîner. Quand je rentre à la maison, on peut manger dehors. je suis peut être un Petit en retard ce soir. Aimer _ vous."

"JE aimer vous. S'il te plaît être prudent," Lily mentionné.

L'agent Broady a appelé Mike Trident , propriétaire de Trident's Épicerie, à partir de le sien Etat matières dangereuses Bureau.

"Monsieur Trident, il y a quelques jours , vous aviez de l' essence dans votre benne à ordures et parking derrière votre magasin . A été là une vieille homme dans votre dépotoir ?"

Mike Trident a réfléchi une minute et a répondu : "Oui, vous doit être en parlant sur rouge ."

"Pourquoi a été rouge dans ton poubelle? Fait il ont quelconque

de l'essence avec lui? "

Mike a ri. "Tu te moques de moi ! Ce vieux l'homme ne pourrait jamais transporter autant d'essence ! j'ai besoin d' obtenir retour au travail. Red ne sait pas pour le pud à l'essence dles dans notre parking parcelle ou de l'essence dans notre poubelle."

" Je viens dans votre magasin pour en parler avec vous vieille homme vous appeler Rouge," Agent Broady mentionné.

Mike a pilonné le sien d es k avec le sien poing et maudit. " Hey mec , j'ai deux nouvelles factures à payer à cause du gâchis de cette essence. T'as toujours pas trouvé le cul pris, ont vous?"

" Nous travaillons au ce," Broady mentionné. " Dans la entre- temps , si vous trouver Rouge, s'il te plaît appeler moi quelconque temps pendant la journée ou

Soir, j'ai vraiment besoin de lui parler pour avoir des informations. Nous allons priser la coupable, je promesse, mais je avoir besoin ton aider."

Mike a ri. "Très bien Broady, quoi que vous disiez. Nous croyons que Red vit dans les bois quelque part aux alentours ici."

Haywood a porté le sac en papier de Red dans le bureau du FBI. Il pensait à quel point ce serait agréable de lui rendre visite ancien patron, Ted Ruffen, et son équipe. Il marchait à côté de son vieux bureau et se demanda si Ted était toujours là à Detroit. Il ouvert de Ted Bureau porte, voyant la surpris voir au Le visage de Ted. Haywood a ri et s'est dirigé vers l'agent Ruffen. Ted bondit de son bureau en chêne , étendant son main à Haywood.

"J'ai dit à votre secrétaire que je voulais vous surprendre," Hay le bois a dit tremblement le sien main.

" Comment ça va retraite, vous vieille Pet?" Ted mentionné, en riant.

Il mesurait plusieurs centimètres de plus que Haywood - un homme mince avec une courte barbe et moustache. Il a levé les mains au dessus le sien diriger et demandé, "Faire vous toujours pense vous pouvez mettre menottes au moi?"

En riant, Haywood doucement poussé Ted un moyen.

Ted offrit une chaise à Haywood et retourna à son bureau. « Qu'as - tu fait depuis ta retraite ? avez-vous travaillé sur de bonnes affaires fédérales?" Il regarda au sac en papier dans la main de Haywood. "Tu m'as apporté quelque chose à manger?"

Haywood a raconté à Ted le voyage avec Lilly sur le bus pour le casino au Canada et comment , au retour par Détroit, Lily eu donné lui la idée à écrivez une

livre sur le quartier de Detroit. Il lui a dit que il avait parlé avec un prêtre de l'église catholique St. Reba , et leur discussion sur le vieil homme qui vivait dans le bois face à l'église. Haywood a ensuite mentionné les flaques d' essence sur le parking du Fred Roll 's Restaurant et poubelle.

Ted quitta son bureau et ferma la porte de son bureau . Puis il allumé l'interphone du bureau à sa secrétaire . "Je suis occupé et je ne veux pas être dérangé », lui dit-il. Puis il dit à voix basse à Haywood, "Nous sommes préoccupés par cette essence trouvée dans les parkings et les bennes à De détroit. Jusqu'à présent, cela ne s'est produit que dans cette ville. Nous sommes maintenant croire qu'un groupe terroriste local peut faire cela pour vérifiez notre temps de réponse . Nous avons une réunion prévue pour la semaine prochaine dans notre salle de conférence avec des agents du matières dangereuses de l'État , ATF, sécurité intérieure du gouvernement, la commissaire à l'économie, le chef des pompiers de la ville et la ville po les poux chef."

"Comment sur vérification la plats en plastique et Coupe dans cette

sac pour empreintes?" Haywood mentionné.

Ted ensemble la sac au le sien bureau. "Pourquoi? Fait cette ont quelque chose à faire avec la gaz?"

" Il pourrait " Haywood mentionné. "Vérifier ça sort et laisse-moi connaître Quel vous trouver en dehors, d'accord? Vous devoir moi un."

Ted hocha la tête. "Tu es vieille fripouille, tu es en haut à ton vieille des trucs encore. Ne sont pas vous supposé à être retraité? "

Haywood haussa les épaules penaud.

Ted ri . "D'accord. je vais Cours la impressions et laisser vous connaître."

"Merci."

"Comment votre jolie femme gère -t - elle votre retraite ? ment ?" Ted demandé.

"Merci pour demander sur Lilly," Haywood mentionné. "Elle est faire grand . _ J'espère que lorsque vous prendrez votre retraite, vous en profiterez à chaque fois journée Comme moi."

Il secoué de Ted main encore avant de sortie.

Haywood était content d'avoir appelé Lilly plus tôt parce qu'il prévu de discuter de son voyage à Detroit avec elle pendant qu'ils dîné en dehors.

"C'est bon d'être de retour à la maison , ma chérie", a-t-il dit, gi lui faire un câlin et un baiser. " Où veux-tu manger ? Mon traiter."

Lily sourit. " J'allais utiliser l'argent que j'avais gagné au casino."

"Non." Haywood dit-il en l'embrassant à nouveau. "Mon traiter ce temps."

Ils allé à une local buffet le restaurant et a commencé remplissage leurs assiettes avec de la nourriture. Haywood était content que Lilly aime le buffet en raison de la variété des plats et des boissons tous à un prix. Ils se sont assis à une table en train de manger pendant que Haywood Raconté Lilly à propos de son voyage à Détroit. Il est retourné au buffet plusieurs _ fois à remplir le sien assiette.

"Affamé ?" Lily mentionné, souriant.

"Chérie, je n'ai pas mangé de la journée. Ne t'inquiète pas. Je habitude l et un n'y de cette aller à gaspillage."

CINQ

ENQUÊTE DE RÉD, LA
VIEILLE HOMME

State Hazmat Agent Jake Broady est arrivé à Mike Tri bosses épicerie et commenta son crédits à

Mike. L'agent ensuite a débuté demander des questions.

"Attendez," dit Mike, l'arrêtant. "Je dois obtenir ces factures payées. D'abord, mes employés n'arrêtent pas d'entrer et de m'interrompre, puis vous vous présentez en posant toutes ces questions. S'il te plaît, asseoir ici et laisser moi terminer Quel je était en train de faire. Puis je vais réponse ton des questions."

L'agent Broady s'est assis et a regardé Mike rédiger des chèques et placer les chèques et les factures dans des enveloppes adressées. Mike a terminé avec ses papiers et a remercié l'agent Broady pour le sien patience.

"Mike, parle-moi du vieil homme qui était dans ton benne à ordures avant découverte la l'essence dans votre parking parcelle," Broady mentionné.

Mike taraudé une stylo sur son bureau. "Red a été dans notre poubelle en regardant pour l'alimentation pour qui sait comment longtemps _ peut être ans. Tout je connaître est cette il est vieille, Probablement dans le sien fin des années 70, porte des vêtements sales , pue et a des fils rouge Cheveu. Il est aussi très timide peut-être mentalement ralentir." Mike en pause, scratch le sien diriger. "Nous appeler lui rouge car de sa barbe et sa moustache rousse. Mais personne ne sait où il restes. Il semble juste apparaître puis disparaître. Tu es gaspillage votre temps je cherche lui."

Agent Broady se tenait en haut. "Merci, Mike. Si vous voir rouge encore, s'il te plaît donjon lui ici et appelez moi."

Il remis Mike le sien Entreprise carte et à gauche.

Haywood regardait le rapport de la station météo sur un sévère tempête lorsque leur domicile téléphoner a sonné.

" Votre ancien chef je suis au le téléphone, _ Lill y a dit, remettre Haywood la receveuse.

Haywood entendu Ted Ruffen 's voix à l'autre bout, « Haywood, sont vous séance vers le bas ?"

Lilly vit le regard perplexe de Haywood et entra dans l'autre pièce, cueillette en haut le téléphone à Ecoutez.

"Nous avons obtenu une identification à partir des empreintes digitales sur le plat en plastique que vous m'avez donné, a déclaré Ted. Êtes- vous assis vers le bas ?

Haywood était toujours debout, mais il a dit : "Oui, je suis assis ting. Qu'est-ce que vous trouvez en dehors ?"

"Les empreintes digitales appartiennent à une personne nommée Oley Washington Jr. Nous avons parcouru le nom dans notre base de données à Washington, DC et a obtenu un succès aux États -Unis Air Obliger. Oley Washington Jr. était capitaine dans l'Air Force. Il a été pris en considération un de notre meilleur combattant pilotes. Le sien avion a été abattu quelque part près de la bor du Nord Vietnam der et il a été capturé et jeté dans une prison du Vietnam guerre camp."

Haywood attrapa un stylo et du papier, griffonna Remarques tandis que Ted a parlé.

"Oley Washington Jr. a aidé beaucoup de nos soldats es cap du camp de prisonniers, mais il a disparu après com ing retour à la Uni États. Notre militaire est allé voir pour lui pendant de nombreuses années. Le président de L'union les États allaient lui présenter avec le Congrès Médaille de Honneur. Dossiers Afficher il a été rester à une Hôtel à Washington, DC avec ses parents quelques jours avant qu'il dût recevoir la médaille d'honneur du Congrès et la Ville de Washington La police a un rapport sur lui étant pris Fr à un hôpital voisin avec tête blessures d'un battement. Personne n'a jamais été arrêté en lien avec l'incident. Oley a quitté l'hôpital puis a disparu. C'était un rapport éd il eut amnésie. Il n'a jamais été entendu à partir de puisque."

Lily, qui était encore écoute aula autre téléphoner, laisser en dehors un court cri avant de contagieux elle- même.

" Quoi a été cette ? " Ted demandé.

"Je dois y aller ", a déclaré Haywood. "Quelque-chose ne va pas avec Lily. Merci pour l'information. " Haywood pendu en haut la téléphoner et regardé par-dessus à Lily qu'eu viens retour dans la pièce. Elle était assise sur le canapé en train de pleurer. Foins Wood a essayé de parler à Lilly de l'appel téléphonique, mais Lilly a juste a continué tremblement sa diriger et pleurs.

"Chérie, qu'est-ce qui ne va pas ? " a demandé Haywood. Êtes-vous heurt ? "

Lily secoué sa tête. "JE avoir besoin à allonger vers le bas. "

Lilly, ma chérie, s'il te plaît, explique -moi pourquoi tu sont alors bouleversé. Quoi est Aller au ?"

Lily n'a pas réponse lui, mais allonger vers le bas au le canapé.

Haywood se rendit dans leur cuisine et revint avec un verre de la glace l'eau. Elle Sam en haut et buvait là l'eau, toujours pleurs.

"Chérie, s'il vous plaît dire moi Pourquoi vous sont

alors bouleversé"

Plus calme maintenant, Lilly a dit : "Chérie, je suis vraiment désolée. Je ne vouloir à parler sur cette à présent, mais peut-être plus tard. "

Haywood a été choqué. Quoi pouvait ont bouleversé sa alors beaucoup ?

L'agent Ted Ruffen était dans le bureau du FBI à son bureau quand son secrétaire a annoncé que le général Mike de l'US Air Force doré a été au la téléphoner.

"Agent Ruffen, ont vous situé Oley Washington Jr. encore ?"

Ted répondu, "Étaient encore _ travail au cette problème, géni général."

"J'ai plus d'informations pour vous à propos d'Oley, la générale mentionnée. "Le sien père a été Oley Washington Sr. Ila été un grand scientifique travaillant pour nos militaires sur de nouvelles formes d'énergie. Agent Ruffen, connaissez-vous un top secret projet appelé Bleu Livre ? "

Êtes-vous référant à une étudier à l'espace créatures dans mouche ing soucoupes ? " Ted demandé.

"Oui ", le dit le général. "Oley Sr. Allait très bien travail jusqu'à le sien fils disparu. Plusieurs mois plus tard Oley Sr. S'est suicidé parce qu'il était déprimé à propos de son la disparition du fils. La femme d'Oley Sr. Vit toujours à Flor ide. " Général doré mis en pause, ensuite a continué. « Nous parlons éd avec la mère d'Oley, qui ne pouvait pas croire que son fils avait été trouvé. Elle croyait que son mari et son fils devaient ensemble au ciel. La mère d'Oley nous a suppliés d'amener Oley Jr. retour à ça, alors nous avoir besoin à trouver Oley. Il a été jamais dit manqué avec honneur à partir de l'Air Obliger. Nous avoir besoin à prouver

Oley à gauche l'hôpital avec amnésie ou à gauche la militaire avec un congé non autorisé. Alors s'il vous plaît appelez -moi quand vous avez lui dans garde."

"Nous allons le trouver", a déclaré Ruffen. "Je t'appellerai quand il sera ici dans notre bureau. "

Ted raccrocha le téléphone et sa porte s'ouvrit. Son sec le rétiaire se tenait dans l'embrasure de la porte en lui souriant. Il a regardé elle, secoua la tête et prit le téléphone pour appeler Hay bois Runian.

Lilly Runyan était toujours allongée sur le canapé lorsque le téléphone a sonné. Haywood y a répondu. Ted La voix de Ruffen a été exc. je Ted au l'autre finir.

"Je viens de parler à un général Golden qui m'a donné plus informations concernant Oley Washington Jr. Vous pouvez vouloir à asseoir vers le bas encore."

Haywood sourit. "Je suis assis." Lily avait

Cessé de pleurer et était maintenant assis sur le canapé a gagné pourquoi son mari était debout quand il a dit autre chose sinon.

Ted a parlé à Haywood de son appel avec le général Mike Doré. Après pendaison vers le haut, Haywood marché sur à Lily, tremblement le sien diriger. "Ted veut moi à trouver Oley Washington Jr. et amenez-le au bureau du FBI à Detroit. Depuis que tu es séance en haut, sera vous dire moi Pourquoi tu as été alors bouleversé ? Vous sais que je aimer vous ; vous pouvez dis-moi n'importe quoi."

Haywood s'est assis à côté de Lilly et l'a tenue. "Chérie, qu'est-ce que tu as peur de me dire ? Je t'aime tellement. Vous pouvez parler à moi sur n'importe quoi."

Après essuyage ça les yeux avec une tissu, Lily mentionné, "Mon chéri, j'ai connu Capitaine Oley Washington Junior."

Haywood regarda à ça, perplexe. "Comment faites-vous savoir Oley Washington Junior ?"

Elle continua, la voix tremblante. "Dieu s'il vous plaît

pour donne-moi. Chérie, j'étais là avec la manifestation contre la guerre du collège ers. Notre groupe a vu Oley Washington Jr. dans son armée uniforme portant un sac et marchant de l'hôtel. Nous s'approcha du capitaine, l'entoura. J'ai essayé d'arrêter empêcher de le battre, mais ils ne m'ont pas écouté. " Lilly s'arrêta pour lui sauter dessus, puis continua. Il est tombé sur le sol, et plusieurs manifestants lui ont donné des coups de pied et l'ont frappé dans la tête avec leurs poings. J'aimerais savoir qui ils étaient parce que je les aurais signalés à la police. Mon chéri, il a été traîné dans une ruelle et laissé seul. Le groupe a couru de la région. J'ai essayé de l'aider, mais je pensais qu'il était très mal, alors j'ai appelé une ambulance. Mais quand j'ai vu le l'ambulance arrive, j'ai quitté la zone." Lilly regarda Hay bois. "Ce pauvre homme. Je suis responsable du capitaine état !"

Haywood tenté pour calmer Lilly, mais elle a continué. "JE a été mauvais et insensé. Oh, Dieu, s'il te plaît pardonner moi."

Haywood tenu Lily serré. "Chérie, ça va en g à être bien. Cet homme aurait pu être quelqu'un d'autre. Vous n'avez pas connu pour Bien sur ce a été Oley."

En regardant Haywood, Lilly secoua la tête. "J'étais lui. J'ai vu son nom sur son uniforme. Oh, mon Dieu, s'il vous plaît pour donner moi. Chérie, s'il te plaît pardonner moi."

Haywood serra Lilly contre lui, l'embrassa, la serra contre lui, et récit ça tout voudrait être bien.

SIX

PÈRE LE BAPTÊME DE PARIO À ST. TRÉBA ÉGLISE

Bavant la Communion au Dimanche, Père Pario application s'approcha de l' autel et regarda en haut à le haut plafond, priant un b l séant sur la congrégation . Puis il a embrassé le grand crucifix qui lui a été remis. Il se dirigea vers le baptiste fonts mal à côté de l'autel et demandé le nouveau catcheur mens qui étaient prêt à être baptisé à augmenter et viens pour salle. Sept adultes l'ont rejoint à la police. Le baptême avait la taille d'un petit piscine-beaucoup plus grand qu'un Ordinaire Catholique de baptême Police de caractère. Je t'ai été une relique à partir de la XIXe siècle, fait de pur e marbre avec une ange sculpture

Au-dessus cette versé l'eau dans la piscine.

" Que faire demandez-vous à l'Église de Dieu ?" Père Pario demandé le chat cé hum en.

Baptême, elles ou ils ont répondu dans unisson.

Il a fait le signe de la croix sur chacun de leurs fronts. Il annonce, lit un passage de la Bible, puis frotte un peu de l'huile d'onction sur chacun de leurs cous . Puis il a dit une bénédiction ing sur l'eau.

"Faire vous renoncer Satan ? Et tout son travail ? Et tout son vide promesses ?" il demandé eux.

"Nous faire, la catéchumène répondue.

"Faire vous croire dans Dieu, la Père Tout-Puissant, Créateur de paradis et Terre ?"

"Nous faisons."

« Faites tu crois dans Jésus Christ. ... ? Faire vous croire dans la Saint Esprit. ... ?

"Nous faisons."

Une fois les vœux accomplis, le père Pario fit signe pour que les catéchumènes s'alignent. La première en ligne - une femme d'âge moyen - s'est approchée et a tenu sa tête au- dessus du bassin pendant que le père Pario versait un peu d'eau sur sa tête. Après que chacun avait pris son tour, le prêtre allumait une bougie pour chacun nouveau converti. Ils se tenaient debout tenant les bougies, alors qu'il disait une bénédiction sur eux et leur les familles.

Une fois les baptêmes étaient surs, Père Pario mentionné la messe et ensuite porté dans chaque main le calice de vin et le calice de l'héberger. Avant deuil parvenu la ligne à donner en dehors communion, cependant, un diacre approché lui. " Père," chuchota le diacre, "il y a un gaz fort oléine sentir à venir à partir de là de baptême. Voir. Là l'eau

À venir en dehors de l'ange est or dans Couleur."

Le père Pario s'est émerveillé du site. Plusieurs église mem bers qui étaient assis sur des bancs près de la gauche baptismale leurs sièges et se dirigea vers les sorties. Le père Pario s'est arrêté le service, demandant à la congrégation de quitter le bâtiment, puis il est allé à son bureau et a appelé les pompiers de la ville ment. Alors que les membres de la congrégation se tenaient dans l'église parking en regardant les pompiers et la police , Père Pario dirigé la Feu et police dans la

église. Les médias sont arrivés, et l'histoire a été bientôt diffusé à la télévision et à la radio. Les gens ont commencé à montrer en haut à partir de tout sur avec vide de l'essence canettes.

Père Pario ouvert vitraux de l'église avec la aide de Père Steven et crié à celles dans la parking parcelle. "Tout est correct. Tout le monde peut rentrer chez lui. Le service d'incendie et police sera manipuler notre problème. Dieu bénir vous."

Personne à gauche.

Le chef des pompiers de la ville se dirigea vers le père Pario. "Le de l'essence apparaît à être très doyen. Vous pouviez Probablement utiliser dans votre voiture. Mais on peut mettre de la mousse dans ton baptismal pour tremper ce en haut si vous vouloir."

En pensant au prix élevé de l'essence, Père Pario a décidé pour économiser l'essence pour Saint Treba église membres. Ce doit être un cadeau à partir de Dieu, il pensée.

Il marché dehors dans l'église terrain de stationnement et fait h est l'annonce. "Dieu a donné à nos membres d'église de l'essence pour leur voiture. Je on a parlé avec le chef des pompiers qui a accepté de laisser les membres de notre église retirer le gasoil ligne. Vous aurez besoin des bidons d'essence appropriés avant enlever l'essence. Plusieurs pompiers vérifieront votre contenant avant de pouvoir retirer l'essence. Je n'ai pas tiqué de nombreux non-membres de l'église ici dans notre parking avec bidons d'essence. Je suis sûr que vous avez entendu parler l'essence dans notre église tel que rapporté par les médias. Je suis lorry mais tous les non-membres de l'église devront attendre jusqu'à nos membres d'église obtiennent l'essence en premier. C'est à Dieu gi pi lo notre c église. Fait n'importe qui ont quelconque des questions ?"

Tout était calme, et le Père Pario retourna au baptême mal afin qu'il puisse vérifier que tous ceux qui font la queue pour le de l'essence étaient église membres.

Hazmat de l'État Jake Broady, agent ATF Henry Tiffer, l'agent du FBI Ted Ruffen et c a montré leur crédence trials comme ils sont arrivés à l'église. Ils se tenaient à côté du baptismal, sentant l'essence et regarder l'église membres remplissant leur conteneur. Père Parion sourit. 'Cela montre l'amour de Dieu pour nos membres d'église et à notre église. Dieu a fourni de l'essence pour notre église membres et autre gens."

"Père Pario, était un vieil homme sans abri appelé Red obtenir baptisé ? "Agent Broady demandé.

Père Pario secoué le sien diriger. "Rouge n'est pas une église mem ber et n'a jamais été dans cette église. Il vit de l'autre côté du rue t au- delà du portail, quelque part dans le les bois."

Ruffen pour leur expliquer comment l' agent à la retraite Haywood Runian amené la Plastique vaisselle à le sien Bureau pour doigt impressions.

"Les empreintes digitales appartiennent à Oley Washington Jr., un héros de la guerre du Vietnam et capitaine de l'armée de l' air." Ted a expliqué l'histoire de la mystérieuse disparition d'Oley apparence et comment le sien mère a été en espérant à le trouver.

"Les gars, quelqu'un met de l'essence dans notre eau, et nous devons les trouver avant qu'ils ne blessent ou ne tuent nos Américains les gens, " interrompu Agent Broady.

Kyle Hampter a obtenu un échantillon d'essence à étudier vers le bas à quartier général.

Alors que le baptismal se vidait, il semblait être se reconstituant, et les gens faisaient le plein d'essence contenants et se précipitant vers leurs voitures pour remplir leurs réservoirs de carburant ensuite retourner à là de baptême pour Suite de l'essence. Finalement après ce qui semblait être une heure, le débit des conduites de gaz a dépassé et l'église de baptême a été vide. Toutes les personnes, y compris

Les médias, ont quitté l'église à l'exception de certains membres de l'église ber s qui se sont portés volontaires pour aider les Pères Pario et Steven frotter il de baptême.

Ils tout acclamé lorsque l'ange a commencé pulvérisation l'eau encore.

"Quoi une ma race !" Père Pario scandé.

Le père Pario a demandé à plusieurs membres de l'église d'apporter fans à coup la conduite de gaz sentir en dehors du sanctuaire.

Bien dit Broady aux autres agents alors qu'ils en partant, " Peut - être que Kyle aura des informations pour nous sur l'échantillon il prit."

Lester Roi, propriétaire d'est et ouest Côte Global Huile Je n industries, parlait lors d'une conférence téléphonique avec son compa   un représentant. Il craignait un ouragan signalé à une arrivée sur la côte Est et l'effet qu'il aurait avoir sur le prix de l'essence. "Messieurs, si cette hurricane n e détruit notre raffinerie, nous sera j'ai super les pénuries

D'essence pour nos consommateurs. Nous devrions augmenter notre essence des prix à présent."

UNE long pause suite exsudé.

Messieurs, je suis attendant vos réponses », a déclaré King, plaçant ses jambes sur son bureau et se penchant en arrière. Dans le sien chaise.

Représentant Kyle Hampter, qui a été invité sur l'appeler, a parlé en haut. Monsieur, je peux- être j'ai une solution, " Il a dit

Kyle a parlé à Leste r King de l'essence trouvée dans le Baptême de Saint Treba et les échantillons qu'il a prélevés. "Nous avons testé les échantillons. L'essence est la meilleure qualité connue de hu humanité. Aussi fou que cela puisse paraître, nous croyons que le pro de l'eau conduit la conduite de gaz - "

"Êtes-vous en train de me dire que quelqu'un a découvert comment tour l'eau dans de l'essence ?" Roi interrompu.

Il y eut une longue pause. Lester King a poursuivi. "Faire Vos représentants réalisent que cette information pourrait ruiner notre entreprise ? Vous doit trouver en dehors qui est responsable pour ça tout de suite ! Je me fiche du coût ou de ce que vous devez faire, mais vous doit les trouver et les arrêter. J'attendrai d'entendre à partir de toi tu sur ce problème. Avant de je rejeter cette conférer appel, je voudrais Comme pour Kyle Hamster à appeler moi. C'est tout pour à présent, alors c'est tout avoir retour à travail et élevage le prix de l'essence avant que nous n'ayons cet ouragan, qui être notre excuse. Agent Hampter, s'il vous plaît appelez- moi maintenant, et ma grâce à tout pour assister cette conférence appeler."

Lester King venait d'allumer un cigare quand sa secrétaire en terré le sien Bureau, récit lui cette Kyle Hamster a été au la ligne. Lester choisi en haut la téléphoner.

"Monsieur Hampter, j'ai besoin de votre aide et je peux vous payer tout ce dont vous avez besoin pour savoir qui est responsable de la transformation de l'eau en essence. C'est incroyable. Mais si c'est vrai, Comprenez-vous ce que cela peut faire à mon industrie ? le cartel saoudien du pétrole et d'autres compagnies pétrolières étrangères seront également affectées. Veuillez trouver la personne impliquée comme vous l'avez les contacts. J'ai besoin de votre aide pour me débarrasser de ce problème à présent. Je paiera votre prix. "

Après une longue pause, Hampter a répondu : "Je vais voir ce que je pouvez faire. Je serai dans toucher.

SEPT

HAÏWOOD RUNYAN ET OLEY WASHINGTON JR.

Après parler avec Agent du FBI Ruffen, Haywood décidé il avait besoin de retourner dans le quartier de Detroit pour trouver Oley Washington Jr Haywood pensait qu'Oley avait besoin à connaître sur le sien mère, qui a été vie dans Floride , et le sien père, qui a été décédé.

Il a décidé que le meilleur endroit pour commencer était St. Treba's. Il trouvé Père Pario avec Père parler Steven près le confessionnal. Haywood accueilli eux et a secoué leur main.

" J'ai entendu parler de votre épisode à l'église hier a été tout sur la nouvelles ", il sa carte d'identité.

Le père Pario hocha la tête. "Ted Ruffen était là et a dit nous à propos d'Oley Washington Jr. Je l'avais vu l'autre jour quittant les bois et s'approchant de lui, mais il n'a jamais levé les yeux. C'était avant que je sache qu'il était Oley. J'ai appelé lui Red et lui a présenté ses excuses pour le ballon d' eau dans incident. Je presque complètement oublié ce, mais il donné moi quelques petit pellets et Raconté moi à mettre eux dans l'eau et attendre."

Haywood ragaillardi en haut. "Quel genre de pellets ? Qu'est-ce qu'elles ou ils voir Comme ?"

"Gentil de comme le vert bonbons, " Pario mentionné.

"Ils étaient sur cette Taille."

"Père, où sont ces plombs maintenant ?" Père Steven demandé.

Père Pario donné eux à la fois un le sourire." ! rappelles toi à présent. Je mettre eux dans ma peignoir poche. C'est pendaison dans la toilette. " Ils ont suivi lui dans le prêtre en changeant pièce être de derrière le sanctuaire. Il supprimé le sien voler e à partir d'un cintre et vérifié la poche. Non pellets.

"Cette était le peignoir je a été résistant pendant le baptême. Ils ont dû tomber de ma poche et tomber dans là de baptême tandis que j'ai été baptiser en g notre catéchumènes."

Il s'arrêta de nouveau dans ses pensées. "Oley m'a dit de mettre eux dans l'eau et attendre. Ils étaient bizarre jaune verdâtre à la recherche de haricots. Ces granulés ont dû causer l'eau dans notre baptême pour se transformer en essence. Et là j'ai pensé ce a été un miracle à partir de Dieu."

Ils ont quitté le bureau de l'église et se sont dirigés vers le baptiste mal. Alors qu'ils regardaient l'ange verser de l'eau dans la piscine, le père Pario murmura : "Personne ne doit jamais savoir à propos du pellet en changeant cette eau r à conduite de gaz."

"Personne ne doit jamais savoir ce que nous savons maintenant sur Oley," Haywood chuchoté retour.

Quand Haywood est retourné à sa voiture, il a remarqué qu'Oley marchait se dirigeant vers la porte menant au bois. Il a suivi Oley, être très attention quitter la porte ouverte à éviter quelconque bruit. Oley a escaladé les broussailles et est entré dans un vieille brique structure. Haywood glissé sur la brosser Comme une

affame lion se faufilant sur sa proie. Il marchait lentement vers l'entrée du bâtiment et je ne pouvais pas croire ce qu'il a vu. Le toit du bâtiment était recouvert de branches d'arbres et était tom ouvert dans différents domaines. Il commençait à pleuvoir, et l'eau du toit se déversait dans un vieux tonneau. Haywood se tenait dans une pièce couverte d'ordures. Il lentement traversé une autre pièce avec plusieurs trous dans le sol, jetant un coup d'œil dans la pièce voisine à travers une porte cassée chemin. Oley était là, penché en avant et allumant une bougie. Lentement il marché dans o la pièce.

Shocké à o voir Haywood, Oley frappé sur le pouvez d l e et rapidement détourné le regard. S'il vous plaît, dit-il en riant. Je viens de vouloir à o être à gauche seul e."

Haywood approché d'Oley et tout doucement accroupi vers le bas et étendit sa main. Voici un vrai héros, une casquette tain dans l'Air Force qui était censé avoir reçu la Médaille d'honneur du Congrès du président des États -Unis d'Amérique, mais Haywood était maintenant en regardant à un homme couvert dans sale chiffons, tremblement dans peur Comme une acculé animal UNE long, sale barbe couverte plus de le sien visage et ses longs cheveux étaient si sales qu'on pouvait à peine le dire était rouge. Haywood a réfléchi qu'il n'avait jamais vu un homme ce loqueteux et sale avant. Il était si maigre qu'il est apparu à être affamée.

"JE juste vouloir à être à gauche seul ", Oley mentionné encore une fois, ignorer de Haywood élargi main.

Haywood rappelé à propos d'Oley's amènes ai. "Oley Washington Jr. Est cette ton Nom ?" Il a parlé doux l y.

Oley a quitté Haywood. "S'il vous plaît, je m'en vais moi un l un."

Haywood regardé Oley laisser la pièce et entrer dans o Une plus sombre pièce avec une énorme acier structure dans la forme d'un cube. Oley entra dans le cube et ferma la porte avec un gros boum. Haywood ramassa la bougie allumée qu'Oley eu à gauche et suivi lui. Il approché le métal porte, réalisant qu'il s'agissait d'un ancien coffre-fort bancaire. Il saisit la poignée, le tournant, et a failli laisser tomber la bougie lorsque la porte ouverte. Oley se tenait là orienté vers lui et Haywood ex

tendu le sien main à nouveau. Au lieu de tremblant, il Oley placé

Plusieurs pastilles dans la paume de Haywood. De la chandelle Haywood pouvait voir plusieurs couvertures empilées contre la paroi intérieure du coffre-fort. Puis il entendit un étrange claquement, bourdonnement provenant du coffre-fort. Haywood regarda aux petites pastilles jaune verdâtre qu'Oley lui donna et placé eux dans le sien les pantalons poche.

" Pu t eux dans l'eau et attendre," Oley mentionné.

Haywood hocha la tête. "Êtes- vous Oley Washington Jr. ? cette ton Nom ?"

"JE juste vouloir à être à gauche seul," Oley mentionné, en regardant vers le bas à là en sécurité étage.

Haywood donné Oley une amical smille. Étayons-vous une

Capitaine dans l'air Obliger ?"

Cette question sembla surprendre Oley. Il avait l'air excité et dirigé le sien regard à Haywood.

« Oley est votre prénom, n'est-ce pas ? » Haywood a dit, ex- s'occuper le sien main.

Oley semblait hébété.

Ôley, allez-vous avec moi avec moi ?" Haywood demandé.

Oley a commencé support dans le coffre -fort lorsque Haywood jeta la lit bougie dans une flaque de l'eau dehors du coffre-fort. Il a attrapé Oley, l'a placé dans une clé de bras et l'a poussé en dehors de là en sécurité. Oley a été trop faible à se défendre.

"JE juste vouloir à être à gauche seul," il gémit.

Haywood avait apporté des menottes juste en Cas Il avait besoin eux, et à présent mis eux au Oley. Puis il LED Oley à partir de l'immeuble, sur le brosser, par le bois et à la porte ouverte. Puis il a tiré Oley à l'intérieur la St. Treba Église et dans Père Pario's bureau.

Le père Pario a été surpris par leur apparition soudaine. "Qu'est-ce que cette ?" il demandé, en regardant à Haywood.

"Je veux juste qu'on me laisse seul ", a dit Oley au prêtre. "Père Parion, je s'excuser pour l'intrusion et pour la

Menottes. Mais, croyez-moi, c'est le moyen le plus sûr que je puisse obtenir lui à viens avec moi. Cette est Oley Washington Jr. Il suffisant fers d'amnésie. Pouvez-vous m'aider à le nettoyer ? Il a besoin d'un bain puis une coupe de cheveux, un s have, et du clean vêtements. Je serai Payer vous pour tout de c'est."

Père Pario hocha la tête. "Pas nécessaire, Haywood, nous devrait ont quelques vêtements ici."

Il supprimé une petite cloche de moi désactivé une étagère et a sonné ce.

Père Steven venu dans sur une minute plus tard.

" S'il vous plait aller et trouver Sœur Martha et l'amener à mon bureau," Père Pario mentionné.

Haywood a continué tenant Oley comme Père Steven gauche la Bureau.

"JE juste vouloir à être laissé seul," Oley mentionné, le sien ensemble corps s hacking.

Père Pario doucement mis le sien main au Oley's devrait der. "Étaient en essayant à aider vous. Nous sont Aller à avoir vous nettoyé en haut avec quelques vêtements, et vous sera ressentir mieux. "

Le sien mots semblait à calme Oley, et Père Pario fait un clin d'œil à Haywood, qui publié Oley à partir de la mainmenottes. Oley se tenait avec sa main est à son côté, regardant attentivement- l y à l'étage. "JE juste vouloir à être à gauche seul," il mentionné encore. Haywood Sam Oley vers le bas dans une Bureau chaise et Sam vers le bas dans une autre chaise suivant à lui. Père Steven revenu à la Bureau avec Sœur Martha, qui regardé à Oley, hochant la tête. "Cieux à pitié, Quel avons-nous ici ?" Sœur Martha avait soixante et un ans avec une carrure trapue. Elle a été plus grand que Père Steven, avec grise Cheveu Couper c'est court, vêtu d'un sweat-shirt, d'un pantalon et de chaussures de tennis. Un or traverser à l'une vas - chan je n'a été environ son cou. Père Pario commandé qu'ils lavent Oley, le rasent, Couper ses cheveux, et mettre de nouveaux vêtements sur lui. Sœur Marthe a pris la main d'Oley, partir

Père Pario Bureau avec Père Steven aloi Derrière eux.

"Père, j'ai à faire quelque chose à présent et sera retourner bientôt. S'il te plaît donjon Oley ici jusqu'à je retourner." Haywood mentionné.

Il retourna à sa voiture et attrapa une lampe de poche. Puis il marche e d de l'autre côté de la rue jusqu'au portail menant à là les bois.

Plusieurs enfants l'ont approché à la porte. Le plus vieux garçon, grand et portant une casquette de baseball, semblait être le leader. " Il y Monsieur," il mentionné, "vous mieux ne va pas dans celles les bois. Un vieux homme peut causer vous problèmes graves. "

Le remercia et retourna à sa voiture, attends ing pour que les enfants quittent la zone. Il était reconnaissant qu'ils n'aient pas voir lui supprimer Oley à partir de là les bois à l'église. Une fois que les enfants ont quitté la zone, Haywood s'est promené dans la porte dans les bois. Il est entré dans l'ancien désert Banque bâtiment et alla droit au caveau. Avec la lumière du flash tourné au, il ouvert la porte d'une intérieur chambre et

Émerveillé par le site. Une longue chaîne de -jaune pel verdâtre laisse étaient pendaison tout au long de la chambre. Ils étaient éclatés et fredonner et multiplier devant ses yeux. En regardant environ à l'intérieur la en sécurité, Haywood trouvé une ouvert boîte vide et mettre la chaîne de plombs dans la boîte. Là était un grande sac militaire sac appuyé contre la voûte mur, alors il ouvert ce et trouvé Oley's militaire vêtements, y compris le sien Air Obliger manteau avec le sien capitaine barres attaché. "Il n'y a plus aucun doute sur son identité maintenant ", Haywood un identifiant à voix haute. Il retourna à sa voiture et mis la boîte de pellets dans le tronc. Puis il porté Oley's molleton sac À l'église.

Haywood a été choqué quand il marché dans le père Pario's Bureau. Debout suivant à Père Steve n'a été une Nouveau Oley Washington Bien que Jr. toujours mince, Olé y regardé sur Dix ans plus jeune sans pour autant la barbe et cheveux longs. Il a été anneau de wear Nouveau vêtements et apparu à être moins nerveux, à l'exception cette il a été toujours marmonner, "JE vouloir être laissé _ seul." "Vous avez fait un travail fantastique !", a déclaré Haywood au père Steven. Et Sœur Marthe. " Il regards Comme une nouvelle personne. Je revenu à la déserté Banque l'immeuble où il habitait et trouvé cette militaire sac avec le sien Air Obliger vêtements et forme uniforme. Le sien capitaine barres sont toujours attaché à le sien manteau. Alors, nous savoir pour Bien sur cette il est Capitaine Oley Washington Jr. je suis ce

D'accord si la capitaine séjours ici pour le temps être, Père ?"

Le père Pario hocha la tête. "Allons chercher le capitaine tant pis à manger," il mentionné.

Haywood remercié toutes les personnes et à tête pour domicile.

HUIT

LA FBI RENCONTRE ET LESTER ROI

Stat matières dangereuses Agent Jacques Broady était debout dans la FBI conférence pièce dans Détroit.

"Nous ont une mener sur la personne responsable pour le gaz problèmes de ligne", a-t- il déclaré avec enthousiasme. "Nous avons trouvé un SDF qui était présent à l'Épicerie du Trident magasin, Wesswell's Gaz Compagnie et Fred Rolls Restau diatribe. L'homme se trouvait à chacun de ces endroits et a quitté la zone où les flaques d'essence sont apparues. Agent Ruffen courut ses tirages et nous sommes arrivés avec son identité : Oley Washington Jr., un capitaine de l'US Air Force qui devait recevoir la médaille d'honneur du Congrès jusqu'à ce qu'il dispo poire."

Gouvernement Énergie le commissaire Kyle Hamster s a accroché sa tête, s'est levé, p et a fait un rapport sur les échantillons qu'il avait pris de l'église. "Notre laboratoire a testé mes échantillons, qui a prouvé qu'ils étaient de qualité pure à cent pour cent lignes de gaz. Les tests ont indiqué que l'essence provenait de l'eau et l'eau continue de produire plus d'essence. Nos techniciens essaient toujours de comprendre comment cela se fait. Ils croire une inconnue formule est impliquée. Non matière

comment cela se passe, il est important de reconnaître

que cela pourrait changer notre industrie du transport . Être indépendant de le pétrole étranger pourrait aider l'économie de notre pays. Nous devons le faire trouver cette formule immédiatement."

L'agent principal du FBI, Ted Ruffen, s'est levé, remerciant Hampter pour son information, et ajoutant : " Nous ne croyons pas le capitaine Oley Washington Jr. sait montrer que l'eau est changée en l'essence", a déclaré Ruffen. "Et nous ne savons pas comment il est connecté à tout cela, voire pas du tout. Il sera bientôt ici dans mon Bureau et pouvez parlez pour lui-même."

"Agent Ruffen," Broady mentionné, "sera vous notifier moi lorsque la capitaine arrive alors cette je pouvez parler avec lui ?"

Ruffen hocha la tête.

" J'espère que vous trouverez qui fait ça, car ces incidents coûtent du temps et de l'argent à notre ministère », a déclaré le De détroit Feu chef.

Chef de la police de Detroit hocha la tête en signe d'accord et dit : " J'ai invité nombreux invités à cette Rencontre qui peut être pouvoir à aider nous avec notre enquête."

Il ouvrit la porte de la salle de conférence et entra Mike Trident de Trident Grocery, Brock Wesswell de Wesswell's et Compagnie de gaz Roll du Fred Rolls Restaurant, et Père Steven de l'église catholique St. Treba. La police chef fait la présentation avant de la des questions a commencé.

"Père Steven," dit Kyle Hampter, "avez- vous des idées comment l'eau dans votre baptême tourné en essence ?" Père Steven secoua la tête. Je viens d'être ordonné prêtre st. je n'ai pas été à St. Tréba très long, alors je suis ne pas sûr

Si je peux être de quelconque il p."

"Pouvez- vous vérifier auprès du Père Pario et nous

dire si vous découvrir quoi que ce soit Nouveau?" Hamster demandé.

Gros son Steven hocha la tête.

Bien que plusieurs agents aient interrogé le nouvel arrivant, aucune nouvelle information n'a été révélée sur le capitaine Oley Washington Jr. Le père Steven savait qu'Oley avait donné Fa puis Pario les pastilles jaune verdâtre, mais il a été dit par Père Pario ne pas à dire n'importe quoi à cette réunion.

FBI Ted Ruffen se leva. " Je veux que tout le monde sache que nous nous engageons à résoudre ce cas et que nous continuerons vous poster sur tous les nouveaux développements. Avant d'ajourner, Identifiant Comme Père Steven à offrir une prière."

Le père Steven s'est levé et a prié pour tout le monde à assister à la réunion, y compris attraper les personnes Spö sib le pour changer l'eau en essence. Toutes les personnes serré la main pendant que plusieurs policiers de Detroit attendaient prenez Mike Trident, Brock Wesswell, Fred Roll et Père Steven retour à leur lieu de travail.

Quelques jours plus tard, Lester King rencontra K y l e Hampter à Chez Burger Dîner et Vin restaurant dans Washington, CC.

"Cela fait plusieurs jours que nous n'avons pas parlé ", a déclaré Lester tandis que en sirotant une rouge vin. "Qu'est-ce que toi tu trouvé en dehors ?"

King fouilla dans sa poche, en retira une petite enveloppe lope, et le lança sur la table vers Hampter. "Continue, Kyle, ouvre-le. C'est une petite récompense avec beaucoup plus à venir, fourni vous donner moi là à droite gentil de informations."

Kyle choisi en haut l'enveloppé et ouvert ce. Nombreuses mille - billets d'un dollar étaient à l'intérieur.

Ses yeux grandis grande comme il compté la de l'argent. "Ô h garçon. Je ne fais pas croire cette," il mentionné.

Élevage le sien voix dans un dur chuchotement, Lester saisi l'enveloppe de Kyle . "Vous gagnez cela en gardant votre bouche fermer et obtenir information à moi. Je vouloir à connaître

Comment cette eau se transforme en essence. Je veux savoir qui est faire en g ceci et qui a la formule là. "

Hampter s'éclaircit la gorge. "Monsieur King, l'autre jour j'ai a été dans une Rencontre avec la Détroit FBI et autre ville, Etat, et les fonctionnaires fédéraux. L'agent du FBI a dit que le vieil homme qui a été vu aux endroits où l'essence a été trouvée a été identifié. Seulement il n'est pas aussi vieux que nous à l'origine pensée ... Suite comme dans le sien tôt années soixante. Le sien Nom est Capitaine Oley Washington Jr. Il était un héros de la guerre du Vietnam qui nous n'avons pas disparu il y a plusieurs années après avoir été amnésiques. Il semble à être le seul lien à c'est de l'essence chose, mais elles ou ils dire il est non-t un suspect. "

Lester King se racla la gorge et fît signe vers deux grand Hommes séance à une tableau à proximité. Ils hochèrent la tête retour. Puis Roi revenu le enveloppe à Kyle.

"C'est utile," dit le roi. Je vais attendre Suite informations mations de vous bientôt. Vous avez vu mes hommes, alors n'essayez pas à traverser moi." Il avalé vers le bas la du repos de le sien gagner e et ajouté, "Vos dîners sur moi." Puis il a placé un hun   dred-dollar facture o n le tableau.

Un de ses hommes de main, un grand homme avec une queue de cheval tressée dans son dos et une boucle d'oreille en forme d'étoile de diamant le sien à droite oreille, saisi Rois manteau à partir de la manteau étagère. Kyle remarqué un renflement dépassant de la hanche droite de l'homme comme il aida Lester à mettre son manteau. L'autre homme était petit e r avec une petite moustache et une veste en tweed. Il se tenait où Kyle pouvait voir le manche brillant de son revolver dans salut ses épaule holster. Les deux hommes marchaient de chaque côté de Roi un s ils sont partis là le restaurant.

NEUF

HAÏWOOD LES USAGES
LA PELLETS

Voiture d'Aywood était restée dans le garage pendant plusieurs jours après son retour de Detroit . Se souvenir la corde de pellets, il h annonce à gauche là, il lentement ouvert la coffre et ne pouvait pas croire Quel il a vu. La ficelle avait   grandi dans un grand globe de pellets cette presque rempli le fra pneu compartiment. Haywood supprimé un de pellets

De moi le globe ensuite claque là un camion fermé.

Lilly, qui a entendu le remue-ménage, regarda dans le garage de la fenêtre de la porte. Elle a vu Putting Haywood de l'eau dans un bidon d'essence, mais elle je n'ai pas vu lui faites tomber la pastille dans l'eau. Puis elle a vu Haywood en mettant Quel elle pensée a été l'eau dans le réservoir de gaz.

Tu fais ? Dit-elle en éclatant c'est dur la porte et presque chute aula pas.

Haywood l'a attrapée et l'a aidée à descendre les marches et dans le garage. Il montré sa là de l'essence conte à in er ne contiennent que de l'essence. Lilly éclata de rire. J'ai cru voir vous mettez de l'eau dans ce récipient. Saviez - vous que j'étais regarder en g et décider à tirer une plaisanter au moi ?"

Haywood tenu Lily serré, ensuite chuchoté, "Doux-Cœur, je vais te montrer quelque chose." Il ouvrit le coffre de la voiture. Les pastilles jaune verdâtre bourdonnaient et sauté dans l'énorme globe. Avant que Lilly ne puisse dire quoi que ce soit, Haywood laissé tomber une pastille dans un bidon d'eau, ce qui prochainement est devenu de l'essence. Lily a été sans voix.

"Rappelez-vous quand je suis retourné à Detroit pour trouver Oley Washington Jr. pour Ted Ruffen ?", A déclaré Haywood. "Je n'ai pas te parler de ces pellets que j'ai trouvé dans l'ancienne banque où Oley a été vie. Lorsque vous mettre le pellet dans l'eau, elles ou ils tour là l'eau dans essence. "

"C'est incroyable", a déclaré Lilly. C'est un vrai miracle ! " "Oui, et alors loin, là sont seul une peu de nous qui connaître sucre. Je avoir besoin à voir Père Pario et mon ancienne chef."

Lily embrassé Haywood. "S'il te plait prendre moi avec toi," elle mentionné. "Je veux voir Oley et lui demander de me pardonner pour Quel arrivé à lui dans Washington, DC."

Haywood a accepté. Il trouva une grande caisse en bois et placé le granulé à l'intérieur. Puis attrapé une pelle et creusé un trou dans leur jardin et enterré la caisse à côté de quelques des buissons. Lorsqu'il était convaincu que la région avait l'air unis troublé, il revenu à la loger.

Le lendemain matin, Haywood et Lilly se sont dirigés vers Detroit. Les pères Pario et Steven finissaient le petit-déjeuner dans le presbytère à leur arrivée. Après que Haywood eut fait les présentations, ils se dirigèrent vers le bureau de Pario. Lilly a regardé sur un Père Parion, ensuite marcher en haut à Oley. "Oley, j'ai besoin pour te dire quelque chose. Je suis tellement désolé pour ce qui est arrivé à vous dans Washington, DC. Je a été là quand vous étaient battre -

En place par les manifestants. J'ai essayé de les arrêter, mais personne ne voudrait J'écoute à moi."

Oley a été en regardant à l'étage comme si ne pas écouter, mais après Lily parlait, il soudainement regardé à sa et le n sauté hors de sa chaise. 'Je me souviens de toi ! Tu es le petit ange qui essayait d'arrêter le groupe en leur criant dessus et claques eux. Ils tout a couru un moyen, mais vous séjourné avec moi et m'a aidé. Je me souviens, je me souviens. Pourquoi suis-je ici ? N'étais-je pas censé recevoir une médaille du président ? Où sont mes parents ? Où est mon uniforme ?" Il a donné Lily une étreinte et demandé, "Où un m JE ? Qu'est-ce qu'Aller au ?"

Le père Pario leva les mains en louange à Dieu et Haywood était sous le choc. Parce que j'ai vu Lily, Oley's la mémoire avait été restaurée. Haywood a fait signe à Oley s'asseoir et a commencé à lui dire ce qui était arrivé à lui et comment il était maintenant ici à Détroit. Puis il a introduit lui au prêtre.

"Ils te laissent rester avec eux depuis que nous trouvé en dehors qui vous étaient," il expliqué.

Oley les a remerciés et a dit : « Mes pauvres parents. J'ai besoin à appeler eux. Pouvez je utiliser ton téléphoner ?"

Nous11 vous aidons là- dedans, lui assura le père Pario. Puis il montra Lilly. ' Ce petit ange est Haywood de Runyan épouse. Cette est Haywood Runyan. Départ de Haywood éd regardant dans votre histoire parce qu'il voulait écrire un livre sur vous."

Oley leur a serré la main. "Est- ce que ça va si je vais dans ma chambre et monnaie je ne m'ai Air Obliger uniforme ? "

Certainement dit le père Pario. "Père Steven, va vous Afficher lui où c'est ? "

Oley sourit. "JE rappelles toi le chemin. Je vais être à

droite retour."

Haywood a fait un câlin à Lilly. " Je ne sais pas quoi arrivé, mais je suis presque sûr que vous avez ramené Oley son Mémoire. Je un m alors fier de vous."

Juste alors ma sœur Marthe éclater dans la pièce. "JE juste scie Oley se précipite dans le couloir jusqu'à sa chambre. Est quelque chose tort ?"

Le père Pario sourit et dit : « C'est un miracle, ma sœur Marthe ! Oley sait qui il est à présent Merci à Lily ici. "

Lilly était en larmes et sœur Martha l'a serrée dans ses bras. Puis Capitaine Oley Washington Jr. se tenait dans la porte parée dans son vieil uniforme de l'Air Force. Bien que l'uniforme accroché à lui en raison de son état émacié, il a rappelé à tous ceux qui étaient dans la salle qu'ils étaient en présence d'un véritable héros. Haywood a pensé aux pellets et réalisé Oley pourrait avoir besoin d'une sécurité protection. J'espère pleinement Ted pourrait arranger que, il pensée.

Oley a vu que Lilly avait pleuré et s'est approché à elle, en lui faisant un câlin. "Ne pleure plus ", a-t- il dit. "Vous aidé moi, et moi ne peut pas remercier vous assez."

Voudriez -vous venir avec nous, s'il vous plaît ? a demandé Haywood. "Je ferais J'aimerais que vous rencontriez mon ancien patron, l'agent du FBI Ted Ruffen. Il a quelques important des questions il Besoins à demandez-vous."

Oley D'accord et elles ou ils marché en dehors dans l'église parking. Lilly a insisté pour monter sur la banquette arrière, alors Oley ouvert la porte arrière pour elle. Puis il s'est assis à côté de Hay Wood dans là de face.

Pourquoi allons-nous au siège du FBI ? , a demandé Oley. "C'est où Haywood utilisé à travail," Lily expliqué . "Il est retraité FBI. "

Haywood jeté un coup d'œil sur à Oley. "JE croire vous

sera avoir besoin Sécurité protection jusqu'à vous retourner à l'Air Obliger."

"Pourquoi voudrais je avoir besoin protection ?" Oley demandé.

"Je ne peux pas te dire ça maintenant, mais tu le sauras dès que nous parler à Agent Ruffen."

Ted a été surpris de voir Oley sain d'esprit portant son vieil uniforme quand Haywood, Oley et Lilly marchaient dans son bureau. Il se leva de son bureau et leur serra la main.

"C'est une belle surprise. Cela me fait plaisir de voir le capitaine dans h je uniforme," Ted mentionné.

"M. Ruffen, pouvez- vous s'il vous plaît me dire pourquoi je suis ici ?" dit Oley. Haywood n'arrête pas de parler de protection de la sécurité. Pourquoi faire je besoin de protection ? "

"Je dois te montrer quelque chose, Ted," dit Haywood. Il remarqué un lanceur de l'eau sur le bureau de Ted et fait tomber une pastille dedans. L'eau s'est lentement transformée en essence. Ted a été choqué.

Oley marché sur à de Ted bureau et regarda dans le lanceur.

"Où fait vous avoir ma celui de papa granulé ?" il demandé Foins bois. "Papa demandé moi donner celles pellets au président quand j'ai reçu la Médaille d'honneur du Congrès." Votre père ? dit Haywood. "Ted, maintenant est-ce que tu comprends Pourquoi Oley Besoins Sécurité protection jusqu'à ce qu'il revienne à l'Air Obliger ?"

Ted hocha la tête. Êtes-vous récit moi cette ces pellets sont Responsable pour tournant l'eau dans de l'essence ?"

"Vous dire moi," Haywood mentionné, faire signe au lanceur d'essence. "Oley, comment je suis ton papa impliqué?"

"Mon père était une militaire scientifique qui a été travail

À l'une top -secret bleu livre projet. Il Raconté moi ces granules provenaient de gens sympathiques d'un autre monde et m'a demandé de donner les pastilles à notre président. Il a dit qu'il avait peur de ce qui pourrait arriver s'ils étaient relâchés la Publique."

Haywood râclé sa gorge. Capitaine, dû à votre amnésie, tu as donné ces granules à plusieurs personnes différentes qui ont été gentils avec toi. La plupart d'entre eux croyaient qu'ils étaient bonbon que vous avez trouvé dans leurs bennes à ordures, et ils ont jeté loin ou sur le sol. Mais quand il pleuvait, le pel laisse tourner l'eau de pluie dans de l'essence."

Oley regardé surpris. '1 donné ces pellets à gens.

Si mon père trouve en dehors, je suis dans Profond ennuis. "

Haywood regarda Ted Ruffen puis secoua son diriger. Je crains bien d'avoir de mauvaises nouvelles pour vous, capitaine. Ton père décédé. Il est mort par suicide plus d'une décennie il y a après vous disparut à partir de l'hôpital."

Oley Sam vers le bas dans choc. Il regardé à Ted avec des larmes

Le sien les yeux. « Suicide ? Cette ne peut pas être ... "

Ted a remis à Oley un dossier ouvert du FBI avec pour Oley t o lire. Oley a lu la première page, puis a secoué la tête. "Non façon dont mon père quitterait ma mère en se suicidant. On dit ici qu'il a laissé sa voiture tourner au garage. Mais quelqu'un doit ont mettre lui là. Ce devait être quelques celui qui savait que mon père travaillait sur le livre bleu projet. Où est ma maman ?"

"Savez-vous qui est le général de l'Air Force Mike Golden est ?" Ruffen demandé.

Oley regarda Haywood et Lilly qui étaient assis ensemble sur le canapé du bureau. J'ai entendu mentionner son nom. Pourquoi ?"

"Le général m'a dit qu'il avait parlé avec ta mère et elle va bien. Le général Golden nous a dit de vous garder ici jusqu'à ce qu'il te voie et puisse te réintégrer dans l'Air Force où elles ou ils peuvent protéger vous. Vous pouvez rester ici dans ma Bureau jusque - là : Ce canapé se transforme en lit, et mes hommes vont vous apporter des repas et vous protéger jusqu'à votre retour à l'Air Obliger."

Oley hocha la tête. "Avez-vous encore les plombs de mon père ?" il demandé Haywood.

"JE j'ai eu et je serai retourné eux à vous bientôt comme je

Pouvez."

" S'il vous plaît soyez prudent qui vous dire sur eux ", Oley dit d. "Ne donner eux un moyen à n'importe qui."

DIX

BOIS DE FOIN SURPRISE

Haywood décidé à balançoire par la café magasin dans Détroit où es - tu il premier t rencontré Lily ans il y a. Remarquant la signe,

Lily mentionné, "Mon chéri, voir là - bas compris entre le magasin. C'est la café magasin où nous rencontré."

Allons se garer le car et aller dans pour du café et celui -là

Super du bœuf sandwichs, " Haywood suggéré.

Ils ont demandé à être assis à la même table où ils ont eu leur premier rendez-vous. Haywood venait de commander leur repas lorsque le sien cellule téléphoner a sonné.

" C'est Ruffen ", a dit Haywood à Lilly après avoir lu le vôtre interlocuteur ID de l'appelant. " Salut Ted. Qu'est-ce qu'en haut ? "

" J'ai a reçu une appeler à partir de Kyle Hamster. Il Raconté moi il voudrait Comme pour vous à être retour à ma Bureau quand il arrive ici dans sur une heure. Vous pouvez apporter Lily comme bien."

"D'accord," dit Haywood. "Nous1 1 finissons de manger le premier et ensuite diriger retour."

Lily entendu leur conversation et sourit. "Ce donc un des comme Ted a quelque chose important à o dire vous. Je espoir ce va mal être super des nouvelles pour Oley."

Lorsque Haywood et Lily retourné à de Ruffen Bureau,

Ted était avec Oley et Kyle Hampter. Hampter racontait leur parler de sa rencontre avec Lester King. Après les présentations, Haywood et Lilly ont trouvé des chaises et se sont assis pour écouter.

Kyle a sorti une petite enveloppe de la poche de son manteau sur le bureau de Ted. Ted l'ouvrit et siffla, montrant à tout le monde la de l'argent à l'intérieur.

Cet est Quel j'ai reçu à partir de Leste r Roi," Hamster Sa pièce d'identité. "Il m'a dit 'plus à venir avec de bonnes informations.' King pense qu'il peut obtenir de moi des informations sur qui a la formule pour transformer l'eau en essence. J'ai vu deux de Leste r Rois gardes du corps, qui étaient à ré. Je a été averti de ne parler à personne de notre rencontre, car il ou son Hommes voudrais viens regardant pour moi."

"C'est une menace," Oley mentionné "Je vais pari ils sont là ceux

Responsable pour mon du père décès !"

Ted remis l'enveloppe retour à Kyle

Je ne veux pas d'argent, dit Kyle. Je pensais que tu vouloir à écouter sur cette."

Ted a tapoté Kyle au le sien épaule. "Voudrais vous être sera-

Vous voulez faire du travail supplémentaire au FBI ? Haywood, tu as été assis là tranquillement. J'aimerais entendre vos commentaires et ont ton aider comme bien."

Haywood regarda Lilly. "Chérie, je sais que je suis censé être à la retraite, mais Kyle et Oley vont avoir besoin mon aide."

"De cours, chérie, " Lily dit je d, " si ce au secours Oley et

Kyle, mais s'il te plaît être attention ! "

Haywood hocha la tête. "Quoi faire vous vouloir moi

faire, Ted ?"

Quand est votre prochaine rencontre avec Lester King?", a demandé Ted à Kyle.

"Je dois attendre son appel", a déclaré Kyle. "Je vous en informerai alors. Il aime les repas très chers, donc nous nous rencontrerons probablement dans un restaurant."

Ted souleva l'enveloppe. "Donnez-le aux nécessiteux", a déclaré Kyle. "Je n'en veux pas."

"D'accord, Haywood, faisons des plans pour la prochaine réunion," dit Ted.

"Je veux savoir qui a assassiné mon père parce qu'il ne se serait jamais suicidé", a déclaré Oley. "J'ai appelé ma mère après notre première rencontre ce matin et elle est d'accord avec moi. Ça devait être un meurtre."

Haywood hocha la tête. "J'espère que nous découvrirons des informations sur ce qui est arrivé à votre père grâce à notre enquête sur Lester King."

Ni Haywood ni Lilly n'ont beaucoup parlé pendant le trajet de retour. De la musique country jouait à la radio, et lorsque la musique s'est arrêtée, un reportage a été diffusé sur la hausse du prix de l'essence en raison de la possibilité d'un ouragan sur la côte Est.

Quand ils sont arrivés à la maison, Haywood a ouvert la porte du garage. À leur grande surprise, la porte de leur maison depuis le garage était entrouverte et plusieurs objets étaient éparpillés sur le sol du garage. Haywood plongea dans la voiture, ouvrit la boîte à gants et en sortit son revolver de calibre .45.

"Restez dans la voiture", a-t-il dit à Lilly. "Si vous entendez des coups de feu, appelez la police."

"Appelons la police maintenant," dit Lilly. Haywood a posé son téléphone portable sur les genoux de Lilly et
entré leur maison avec son arme à la main. L'endroit

était un désordre, avec des étagères renversées et papiers et Des bibelots éparpillés sur tout le tapis. Il était évident que celui qui est entré par effraction cherchait autre chose que de l'argent. Le bureau de leur bureau était toujours debout, mais le les tiroirs ont été enlevés et empilés sur le sol. Cependant , l' argent à l'intérieur du livre budgétaire de Lilly n'a pas été touché, ni son chéquier . Satisfait qu'il n'y avait personne dans le maison, Haywood retourna vers Lilly qui était toujours assise dans la voiture parle au répartiteur de la police. La police est arrivée un peu minutes plus tard.

Est -ce la résidence Haywood Runyan ? l' officier demandé. "Notre chef a dit que vous aviez pris votre retraite du FBI. Est-ce à droite? Une femme a appelé de cette adresse au sujet d'un voleur à la domicile."

Haywood est sorti de la voiture et a secoué la main. "C'est vrai," dit - il . "J'ai déjà vérifié à l'intérieur et n'a trouvé personne . Ils ont laissé un gâchis, cependant. C'est évident ils cherchaient quelque chose et ne pouvaient pas le trouver . Ce n'est-ce pas apparaître elles ou ils a volé quelconque de l'argent."

Après avoir rempli une rapport , l'officier est parti . Lilly a marché dans la maison et a été choqué de voir le désordre. Haywood suspecté ce qu'ils cherchaient et vérifié l' arrière- cour par les buissons. Rien n'avait été dérangé. Les pellets étaient toujours en sécurité.

Le lendemain, Haywood s'est rendu à Detroit, avec pel permet de sauter et de fredonner sur le siège arrière et dans la voiture tronc. Après s'être garé, il a jeté une veste sur les plombs pour qu'ils ne pouvaient pas être vu à travers les vitres de la voiture . Ted était assis à son bureau et Oley était allongé sur le canapé tandis que il marché dans la Bureau.

Oley a sauté en haut quand il a vu Haywood. " Est -ce que tu as apporter ma du père granulés ?"

"Oui", Haywood dit en souriant. "Ils sont dans ma voiture." " Je suggérer tu chantes la souterrain parking parcelle alors non

un voit vous," Ted mentionné. "Je vais appeler et faire Bien sur vous ont dédouanement "

Haywood et Oley à gauche de Ted Bureau et a conduit à la

parking souterrain . Entendre le bruit du pel permet, Oley regardé en dessous de la veste et supprimé le pellet.

" Merci de me les avoir apportés," dit-il . Haywood hocha la tête. "Le r e Suite je n la tronc. "

Une fois garé, Haywood ouvrit le coffre et les deux ont été étonnés de voir à quel point ils éclataient , fredonnaient et multiplier. « Ces granulés produisent vraiment , Hay bois mentionné. " C'est incroyable à Regardez eux."

"Pourquoi ne gardez - vous pas les plombs dedans votre coffre," Oley mentionné. "C'est moi ma chemin à dire remercier toi tu à vous et ton femme, mon petit ange, qui m'a protégé des manifestants ."

Oley est retourné au bureau de Ted avec sa chaîne de plombs tandis que _ Haywood garé retour dans la hors sol _ parking pas .

Alors que Haywood revenait au bureau de Ted, Ted et plusieurs ral FBI agents nous sommes _ en regardant à la chaîne de _ _ pellets. Puis O ley _ caché la pellets en dessous de la sofa et à gauche avec la agents.

Une fois laissé seul, Haywood a parlé à Ted de leur maison roder.

"JE n'a pas trouver n'importe qui dans la loger, et elles ou ils n'ont pas trouvé

La granulés", il dit . ' je ' m g garçon je eu la prévoyance à enterrer

Eux dans le arrière-cour avant de jeu à gauche."

Ted regardé réfléchi. "Peut-être qu'Oley a raison sur Lester Roi et salut s gardes du corps meurtre le sien père."

« Où est allé Oley avec vos agents ? Haywood demandé

.

Ted ri. "Apparemment Oley eu une fringale pour une Hamburger et frites."

Haywood sourit. « Ça a l'air délicieux. Je devrais aller à la maison donc je ' m ne pas en retard pour dîner."

de Ted secrétaire ouvert la Bureau porte. " Kyle Hamster est au la ligne," elle mentionné.

Ted choisi en haut la téléphoner. 'Cette est Ted."

Je viens de parler à Lester King , a déclaré Hampter sur le autre fin. "Il veut se rencontrer au restaurant de Bob Plum ce soir à 19h00 , il vole ici depuis son Est de la Floride Bureau. le Restaurants Fermer à le Détroit aéroport. Sont nous toujours Suivant la planifier nous discuté à notre Rencontre ?"

Ted fait signe à Haywood. " Kyle Hamster est Aller à rencontrer avec Lester Roi ce soir."

Haywood hocha la tête. Je dois rentrer à la maison mais je me laisse connaître si vous avoir besoin moi comme sauvegarde."

corps de Lester King , Monty et Tolly, se sont envolés pour Détroit tôt et a donné frauduleux crédits à la auto de location agent. Ils étaient bientôt conduite une nouvelle Cadillac à St. Tréba Église catholique. Les instructions du roi étaient d'attraper le père Pario et tenir lui comme supplémentaire Sécurité pour le 7 pm Rencontre avec Kyle Hamster. Quand Monty a vu le Pion de Dilly Boutique il tiré sur.

Nous pouvons échanger nos vieilles armes contre de nouvelles armes », a-t- il déclaré . mentionné.

Alors qu'ils entraient dans le prêteur sur gage de Dilly,

un grand homme de derrière le comptoir salua Monty avec une poignée de main. "Quoi la l'enfer toi tu faites ici, Monty ?"

" Hé Dily " dit Monty. "C'est Tolly. Mer aimer Commerce notre vieille pistolets pour quelques Nouveau ceux. Faire vous ont quelconque?"

Dily hocha la tête. "Mais je ne peux pas vous vendre d' armes tant que le Etat gouvernement chèques ton Contexte."

Monty parvenu dans le sien les pantalons poche et ensemble vers le bas deux mille dollars factures. Dilly regardé eux _ sur, ensuite mis les billets dans la poche de son pantalon et pointa la nouvelle arme étagère.

"Donnez- moi votre arme", dit-il à Tolly, qui lui tendit Monty le sien chargé arme à feu, une plus vieux _ _ calibre .40 revolver. Ce a été remplacé par un revolver de calibre .40 nouvellement chargé . lun ty a donné les balles qu'il avait retirées du revolver de Tally retour vers lui. Puis il a mis son aîné . revolver calibre 45 sur le s a déchiré le compteur et a attrapé une nouvelle arme pour lui-même. lun ty a retiré les balles de son vieux fusil. Il a remplacé le balles avec de nouvelles, laissant les anciennes sur le comptoir. Puis il a placé le Nouveau arme à feu dans le sien hanche étui.

Dilly regardait curieusement Monty. " Où étais -tu avoir tout la de l'argent?"

Tolly a ri, et Monty a souri d'un air narquois en répondant : "Hé, Dilly, c'est _ rien de ton Entreprise. "

"Ouais , " Dilly a dit. " Je ne t'ai jamais vu avec autant d'argent, et je ne veux pas te voir retourner en prison au."

Monty est étreint . " Si vous doit connaître, Tolly et je travail

pour M. Lester King, propriétaire de West-East Coast Oil Global Industrie."

Dilly sourit, "Pardon, Mont, mais lorsque vous jeta la

factures à moi, je pense que vous et Tolly avez peut - être volé un Banque, et je ne fais pas vouloir la local police dans ma magasin."

Dilly supprimé la vieille pistolets à partir de le sien compteur.

Monty et Tolly se dirigent vers l'église catholique St. Treba pour récupérer le père Pario sous les instructions de Lester King. Ils garèrent la voiture près de l'entrée et attendirent. Lorsque ils ont vu le curé sortir de l' église, ils sont partis leur véhicule et saisi la prêtre. Tolly montré il son revolver dans le sien épaule r hol ster .

"Ne donne pas nous n'importe quel problème, " dit Monty, " ou nous allons ont à tirer vous."

Tolly bousculé le _ _ prêtre dans la retour siège de la Cad i l lac et le rejoignit . Juste à ce moment, un autre prêtre sortit de l' église avec un groupe d' enfants qui fréquentaient _ ing une jeunesse camaraderie classe .

"Père Pario, Père Pario", ont crié deux des filles. "'Deux Hommes juste forcé Cardinal Bénédictions dans cette Nouveau Ca dillac dans la église parking parcelle! "

« Bénédictions cardinales ? Que se passe -t- il ? » , a crié un garçon . Il et nombreuses autre garçons a couru vers la Cadillac .

Cardinal Blessings se tourna vers ses assaillants. "Mes fils , qu'est-ce que c'est Aller au ici?"

"Père, Soyez silencieux," Tolly chuchoté.

Monty regarda le prêtre sur son siège arrière . "Es-tu Père Pario?"

Cardi n al Bénédictions pointu à la autre prêtre qui a été avec les enfants . _ "Je suis Cardinal Blessings. Le père Pario est sur là avec la enfants."

"Tolly, on s'est trompé de gars !" hurla Monty. "Avoir

salut je suis ous de cette auto à présent, et allons avoir en dehors de ici."

Tolly ouvrit la portière de la voiture et poussa Cardinal Bénédictions du siège arrière dans les mains des garçons qui se tenaient près de la portière arrière de la voiture. Monty a sorti la voiture du église parking beaucoup. Presque frappe l'enfant, Et père Pario a couru à Cardinal Bénédictions.

Ça va, Votre Eminence ? demanda le père Pario. " Qu'est - ce arrivé?"

Cardinal Bénédictions _debout ; une un peu secoué. "Celles deux

Voyous dans cette Cadillac pensée je a été vous. Apparemment, elles ou ils étaient en essayant à kidnapper vous."

Le père Pario avait l' air confus . "Est-ce qu'ils ont dit pourquoi ? " Dinal de voiture Bénédiction crochet le sien il annonce .

"JE eu il plat e numéro!" l'un des le criaient les garçons, remise une pièce de papier à Père Pario.

Père Pario appelé la police au le sien cellule téléphoner, donnant lui la Licence numéro et expliquant la enlèvement à tenter.

Monty et Tolly tiré dans une grande galerie marchande parking pas mal, laissant le moteur de la voiture allumé . "Leste r King va être très mécontent de nous pour avoir confondu Cardinal Blessings avec le père Pario, a-t- il déclaré à Tolly. Cela pourrait signifier une guerre de mort pour nous deux . Je m'en vais. Sur ce, il quitta le véhicule il e et dirigé vers une le magasin dans la ma ll .

Tolly a sauté dedans le côté conducteur de la voiture et a conduit un moyen. UNE policier repéré le véhicule et plusieurs po les unités anti- poux ont commencé à suivre Tolly avec des sirènes hurlantes et des lumières rouges et bleues clignotent. Tolly a sorti son calibre .40 revolver sorti de son étui , a arrêté la voiture et a tiré sur le _ _ la police, qui retourné _ _ _ feu . Puis il a sauté de la voiture et est tombée à la route, mais ne pas avant de il a été frapper par nombreuses

balles. Une ambulance a transporté Tolly à l'hôpital, où il a été placé en chirurgie et renvoyé dans une chambre avec la police Sécurité.

Tolly était inconscient, mais répétait sans cesse : « Père Pario, Père Pario , Père Pario. » Une infirmière a connu Père Pario et a été une membre de St. Tréba Église, alors elle a appelé le père Pario, lui parlant de Tolly Se plus, qui criait son nom et aimerait bien mourir à partir de ses blessures.

Père Pario a conduit à la hôpital. Le docteur Raconté lui que les balles avaient percé le poumon de Tolly , et qu'il pas survivre. Le père Pario s'approcha du lit de Tolly , se penchant sur lui. « Fils, devrait je parler à Dieu à sauver vous à partir de ton péchés capitaux ? »

To ll y pouvait à peine parler mais hocha de la tête. Père Pario a tenu sa croix d'or et a commencé à prier et à demander pardon pour Tolly. « De quoi avez-vous besoin de notre merveilleux Dieu dans paradis à pardonner vous pour ? » il demandé.

Tolly a chuchoté : « Meurtre. S'il vous plaît, pardonnez -moi , mon Dieu. J'ai fait de terribles torts à Lester King . lun Ty et moi avons assassiné un gars dans son garage il y a quelque temps en le placer dans sa voiture et laisser le moteur de la voiture allumé et fermeture la portes de garage. »

UNE police officier a été debout près la prêtre et a commencé prendre des notes vers le bas Quel Tolly mentionné.

« Fils, qui est la personne que vous et Monty avez assassinée pour Lester Roi ? » Père Pario demandé.

« Il vivait en Floride. Il s'appelait Oley Washington et il avait un grand secret pour ruiner l' huile de Lester King. Dans l' industrie . _ Oh Dieu, je un m alors Pardon, s'il te plaît pardonner moi. »

« Qu'est -ce que s'est passé à Monty ? » la police officier mentionné.

Tolly a été Fermer à décès et pouvait seul parler dans une chuchotement. « UNE galerie marchande » a été tout il pouvait dire. Celles étaient le sien dernière mots. Le docteur arrivée et prononcé lui morte, placement la drap sur sa tête. Père Pario donné Tolly le sien dernier _ rites et demandé Dieu à pardonner Tolly pour tout

ses péchés.

Le policier qui a pris les notes a appelé la police répartiteur, rapports cette Monty Homme de l'enfer a été dans le Détroit _ Galerie marchande et a été voulait pour enlèvement et meurtre.

« Il est peut-être armé et dangereux », a averti l'officier. De là, il a contacté le chef de la police de Detroit , expliquant Quel Tolly eu un identifiant avant de en train de mourir. Le chef contacté _ Ted Rufen.

En raison du casier judiciaire de Monty , la police de Detroit ont pu localiser sa photo d'identité. Plusieurs officiers sont entrés le principal centre commercial de Detroit et a repéré Monty assis à côté d'un femme avec des enfants. Il semblait les regarder _ _ jouer et souriait et parlait à la jolie femme lorsque police l' entourait de _ leur fusils dégainés.

« Lève -toi très lentement, Monty, et garde tes mains vers le haut », l'un des ont dit les officiers. Le revolver de Monty a été re déplacé de son étui de hanche et on lui a dit de mentir face sur le sol du centre commercial. Puis ils l'ont menotté et tiré lui retour à le sien pieds.

« JE vouloir ma avocat, » Monty mentionné.

« Tu vas avoir besoin d'un très bon avocat, comme maintenant tu sont accusés d' enlèvement et de meurtre », l'un des la bureau sr Raconté lui.

La femme qui était assise à côté de Monty attrapa son enfant à partir de l'oscillation et à gauche la galerie marchande dans une se presser.

Haywood a été domicile portion Lily nettoyer en haut le désordre à gauche

Par quelqu'un qui a été en regardant pour le pellet dans leur domicile lorsque la téléphoner a sonné.

« Votre ancien patron est au téléphone « , a déclaré Lilly. « Tu es assis ? » Ted a demandé à Haywood. « Je suis séance, » Haywood mentionné, toujours debout.

Lilly regarda Haywood s'asseoir lentement alors qu'il était obtenu la des nouvelles. « Tolly a dit Père Pario cette Lester Roi donné ordres à meurtre Oley Washington Sr. Dans Floride. Alors, ce n'était pas un suicide », a déclaré Ted. Lester King vole vers l'aéroport de Detroit pour rencontrer Kyle Hampter. Vous savez nous avions fait des plans pour cette réunion, mais maintenant ce n'est pas

Nécessaire, car mes agents attendent à l'aéroport pour arrêter Lester King pour complicité de meurtre et enlèvement. Et sans doute elles ou ils fauché dans ta maison. »

Comment Oley gère -t – il cette nouvelle ? » demanda Haywood. « Il est ne pas choqué, mais comme tu peux n imaginer, il est joli

en colère. En même temps, je pense qu'il est soulagé que la vérité sur la façon dont son père vraiment mort a été découvert. Il est a partagé la nouvelle avec sa mère. Général d'or sera là demain pour ramener Oley avec lui à la base au Nevada, en tant que colonel il y a la retraite. Général Golden m'a dit qu'il avait parlé avec le président, qui veut pour rencontrer le capitaine et remettre la Médaille du Congrès Honneur environ Oley 's cou. »

« C'est super, Ted », a déclaré Haywood. « S'il vous

plaît, dites au capitaine Oley Washington Jr. Cette Lily et je souhaiter lui et le sien mère là très meilleure. »

Après avoir raccroché, Haywood a fait un câlin et un baiser à Lilly, dire en g sa sur la des nouvelles. Il tant pis Raconté sa sur la pel laisse cette Oley eu donné eux.

« À présent j'ai à début l'écriture ma livre sur Capitaine Oley Washington Jr. » Il mentionné.

« Ce sera fantastique, » Lill y a dit, embrasser son mari. « Comme long comme nous continuer à ont l'eau ici dans notre

Domicile, ne nous sera jamais ont à acheter de l'essence encore. »

''Remercier vous, Capitaine Oley Washington Jr. « Lily mentionné.

ONZE

P ERE PARIO REÇOIT UNE CADEAU

Plusieurs jours plus tard, Haywood a demandé à Lilly : "Chérie, je merveille je f Oley Était Washington Jr. a à gauche Détroit avec

Général Doré ?"

Avant que Lilly ne puisse répondre, leur le téléphone a sonné. Lily sourit à Haywood. "Peut -être que c'est Ted avec une réponse à ta question. "

Haywood hocha la tête et décrocha le téléphone. "Bonjour ? Ted, oui je suis assis, dit-il, toujours debout, et pointu à Lily et la téléphoner pour sa à Ecoutez. Lily allé à l'autre pièce, cueillette en haut la téléphoner à écouter Ted parler.

"Haywood, j'ai reçu un appel du capitaine Oley Washington Jr. Il sera dans la capitale pour recevoir la médaille d'honneur du Congrès de notre président. J'ai parlé avec le Père Pario, et il assiste avec le Père Steven et Sœur Marthe. Nous serons mouche à CC au notre fédéral avion, et j'espère que toi et Lilly nous rejoindrez. Nous laisserons le Aéroport de Detroit Mardi la semaine prochaine à 11h00 j'aimerais ce si vous sa n viens et aussi rencontrer la FBI directeur. "

Haywood regarda dans l'autre pièce Lilly, qui était

hochant la tête. "Merci, Ted. Nous voudrions aimer à viens."

Mardi est arrivé, et Haywood et Lilly ont salué le père Parion, Père Steven, Sœur Marthe, et Agent Ted Ruffen sur l'avion fédéral. Le père Pario se leva alors que tous prenaient leur des places et offert une prière à Dieu pour une en sécurité périple.

Lorsque l'avion a atterri à la Washington, CC aéroport, le directeur du FBI attendait en bas des marches. Il a salué tout le monde avec des poignées de main et a étreint Lilly et Sœur Marthe. Le réalisateur avait l'air rude, plus jeune que Ted Ruffen, de corpulence moyenne et ondulée cheveux bruns. Il parlait avec un accent de Brooklyn et portait un costume en polyester gris, chemise blanche et cravate dorée il la d dans lieu par une ensemble d'or menottes. Une américain drapeau était épinglé à son revers. Placer sa main sur celle de Haywood épaule, il a souri et a dit : "Haywood, Tu nous manques depuis votre retraite. Mais maintenant que je vois ta femme, Lilly, je comprends pourquoi tu as à la retraite. "

Lorsqu'ils arrivèrent au White House Rose Garden, ils ont été escortés jusqu'à la toute première rangée de sièges. Les médias arrivaient aussi, et partout où vous regardiez, il y avait belle fleur.

Le président et le vice-président sont arrivés avec plusieurs Agents des services secrets. Le président a marché jusqu'au podium et s'est tenu entre les drapeaux américains et présidentiels flottant au vent.

Mon ami, nous sont recueillies ici dans notre Rose Jardin pour honorer le capitaine Oley Washington Jr., qui a aidé Des soldats américains et lui -même s'échappent d'une armée vietnamienne prison pendant la guerre du Vietnam. Il devait recevoir ce il y a quelques années, mais a été battu par un groupe de guerre manifestants et mis dans une hôpital. Il plus tard a disparu avec l'amnésie.

Veuillez accueillir le capitaine Oley Washington Junior."

Le blanc loger des portes ouvertes, et Capitaine Oley Washington Junior avec sa mère holding son bras, s'approcha la présidente ensemble. Lilly Runian se tenait et frappa dans ses mains, et la foule la suivit. Le président a demandé à tous de s'asseoir et a placé la médaille autour du cou du capitaine Washington alors que tous continuaient d'applaudir. Puis Le président demandé Le général Mike Golden pour les rejoindre sur scène. Le capitaine Washington se tenait au garde -à- vous et salua le général, qui lui rendit le salut en le président a commencé à parler. "Le capitaine Oley Washington Jr. a été capitaine dans l'US Air Force pendant de nombreuses années, et maintenant je laisserai le général Mike Golden parlez."

Le général regardé directement à Capitaine Washington, Qui se tenait toujours au garde-à-vous. « À l'aise, capitaine. Merci, monsieur le président. A partir d'aujourd'hui, vous n'êtes plus capitaine dans notre armée de l'air, mais est promu colonel. Oley Washington Jr., vous sera à présent être dans charger de nous la Base aérienne de Gladstone, Nevada où le colonel Harrington juste retraité."

Une fois encore Lily se tenait et applaudi comme tout dans la Rose

Garden la rejoint. Le général Golden a demandé à tous d'être assis alors qu'il enlevait les barres de capitaine et les replaçait avec Nouveau colonel médailles.

Colonel Washington a reçu un baiser de sa mère, qui lui a dit, "Oley, ton père serait si fier, et je connaître il _ est Je regarde vers le bas à partir de paradis et souriant."

Après la cérémonie, la Président invité tout dans la Manger de la Maison Blanche pour le déjeuner. Mais avant de partir sur le podium, il a pointé du doigt Lilly Runyan en disant : Lilly Runyan, j'ai une médaille du citoyen pour vous, et vous en méritez certainement une pour avoir sauvé ce colonel il y a de nombreuses années. des manifestants de la guerre qui l'ont battu et blessé _ ici à Washington, CC. Veuillez avancer et recevoir cette médaille."

Le président a placé la médaille autour du cou de Lilly et l'a remerciée pendant que la foule l'acclamait. Le colonel Washington a pris Lilly dans ses bras et l'a remerciée. La mère du colonel Washington s'est approchée de Lilly et l'a serrée dans ses bras. Tout se relevaient et applaudissaient tandis que le président continuait de parler. Ensuite, il a pointé du doigt Haywood Runyan, puis le Père Pario, le Père Steven et Sœur Martha. " Tous de ces personnes sont responsables du sauvetage Colonel Oley Washington Jr. Haywood Runyan j'écris un livre ok sur les aventures du colonel alors qu'il souffrait d'amnésie à Detroit. Haywood, moi et la Première Dame aimerions à j'ai une signé copie de ton livre, et la vice-présidente que j'ai speed à moi il voudrais Comme à ont une copie pour le sien famille. OK, tout le monde, allons dans la salle à manger et prenons alors moi Je suis !"

Après avoir été assis dans la salle à manger de la Maison Blanche, Haywood a été approché par plusieurs personnes, dont Le général Golden, lui demandant où ils pouvaient acheter le livre. Lilly regarda son mari et sourit. "Je crois vous allez être très occupé à écrire votre livre quand nous rentrer à la maison. » Haywood sourit et hocha la tête en signe de désapprobation. Croyance.

Ted Ruffen approché Haywood. "Vous connaître Quel

Je veux de toi, n'est-ce pas ? Et le réalisateur en veut un trop."

Haywood éclata de rire. "D'accord, d'accord, mais je dois d'abord écrivez ce."

Colonel Washington s'assit à côté du père Pario, sortit un chèque signé de sa poche et le tendit à Père Pario. "C'est mon chèque du gouvernement de l'Air Obliger avec mon retour Payer pour l'année où j'ai été manquant," il a dit. "Je n'ai plus besoin d'argent, et, Père Pario, ma mère et moi aimerions que vous utilisiez cet argent pour créer un centre de loisirs pour enfants au nom de mon père. Mer aimer à acheter la propriété de l'ancien Banque où je utilisé à habitent et ont la Nouveau pour enfants des loisirs centre localisé là. Pouvez-vous faire cette ?"

Le père Pario se leva de table, montrant chaque un chèque du colonel Washington et dire à tous ce que le colonel lui avait dit, puis lui a offert une prière à Dieu pour tous ceux qui assistent, leur sécurité, une bénédiction pour le colonel et sa mère, et une récréation pour les enfants centre à bientôt être construit avec Merci à Colonel Washington et le sien mère.

Lily se tenait en haut à partir du tableau, applaudir sa main avec la Président, D'abord La demoiselle, et vice-président avec le sien épouse, suivi par la foule. Quand Lilly s'est assise, Haywood lui a donné un câlin et un baiser. "Je suis un homme très chanceux de t'avoir comme mon épouse," il mentionné.

Déjeuner était terminé et le groupe est retourné à l'aéroport. Voler retour à Détroit. Ils tous se sont serré la main avec le FBI directement t ou et mentionné leur au revoir.

Haywood Sam avec Père Parion, Père Steven, et Ted Ruffen réfléchit à des idées pour le nouveau centre de loisirs pour enfants à Detroit, tandis que Lilly et sœur Martha parlé de la cérémonie et la Médaille Citoyenne Lilly eu a reçu à partir de le président.

DOUZE

ROI HASSMEN TAVIO

Le roi Hassmen Tavio et la Royal Oil saoudienne Empire avait vu la couverture médiatique sur le colonel cérémonie d'Oley Washington Jr. et étaient maintenant au courant que les pellets transformant l'eau en gazoline étaient avec le président des États -Unis d'Amérique. Il n'était pas content que ses agents aient été incapables de trouver des plombs dans la maison des Runyan.

« Maintenant, le président a les plombs, a-t-il lancé à son ami. Diplomates. Pourquoi ont-ils été ma direct ordres ne pas suivis ? Comment fit-elle ou ils avoir celles pellets à la Capitole ? Pourquoi n'étaient pas elles ou ils arrêté ?"

"Roi Tavio", un diplomate très nerveux a répondu : "Je donné toutes vos instructions à nos agents. Ils ont fait irruption dans la maison Runyan et n'a pas trouvé de plombs. Le capitaine et les Runyan étaient au bureau du FBI à Detroit, Michigan. Je n'ai pas pu contacter nos agents depuis plusieurs jours. Nous avions des informations selon lesquelles Oley Washington Jr. était sous protection fédérale et séjour au bureau du FBI à Detroit. Faire vous a quelconque Nouveau instructions pour notre agent ?"

"Mon ami Lester King a été arrêté pour enfant la sieste et le meurtre !" cria le roi Tavio. "L'Unité Le gouvernement des États- Unis a maintenant les pellets ! Savez - vous qu'est -ce que cela va nous faire ? Les États-Unis cesseront d'acheter notre pétrole ! Lester King essayait d'arrêter cela, et maintenant nous n'avons plus choix. Le capitaine Oley Washington Jr. est maintenant membre de l'armée de l'air colonel dans charger d'une Air Obliger base dans Gladstone, Neva un jour. Nous ne peut pas avoir à lui, alors avoir la Runyan. Eu ce ? Lorsque les agents obtiennent les Runyan, ils doivent me contacter immédiatement, compris ?"

"Oui, mon Roi, la diplomate mentionnée.

Haywood et Lilly étaient rentrés chez eux et avaient regardé le les dégâts causés par les voleurs qui s'étaient introduits chez eux plusieurs jours avant de.

"Nous1I ont à aller-retour à la casino à avoir la de l'argent à réparer tout cela ", a déclaré Haywood. "Peut -être que vous pouvez ramener à la maison beaucoup de de l'argent à remplacer cette endommagé meubles."

Lily a été trop triste sur l'endommager à rire.

Lorsque la sonnette a sonné, Haywood saisi salut s se retourner et mettre ce dans sa poche latérale de pantalon avant lentement ouverture la porte. UN petit paquet a été je reste au leur porche. Le colis avait été livré par le facteur, qui marchait vers son camion postal dans leur allée. Haywood agité au facteur, qui agité retour, alors choisi en haut le paquet, qui a été expédié à partir de la FBI Bureau dans Détroit. Il a pris le paquet dans la maison, montrant ce à Lily.

Il tout doucement ouvert le paquet et trouvé une enveloppe

avec une Remarque à partir de Oley Washington Jr.

"À ma meilleure copine," la lettre lire. " je serai être toujours

Reconnaissant à vous les deux. Ted Ruffen Raconté moi sur l'endommager

fait à l'intérieur de votre maison. Je suis désolé pour ce qui s'est passé. Je eu une secret poche à l'intérieur ma militaire saisir. Ce n'est pas un pas mal de de l'argent, mais peut vous aider à réparer les dommages causés à votre maison. Ma mère et moi serons impatientes de vous voir bientôt n. Vous êtes partie de notre famille maintenant. Je vous aime tous les deux, Oley Washington Junior."

Lily r entendu pour l'enveloppe tandis que Haywood a été train de lire la Remarque. "Mon chéri," elle mentionné dans larmes, "il y a Al plus vingt mille dollars dans cette enveloppe. "Le roi Tavio était dans son palais en train de manger lorsqu'il fut interrompu par son diplomate. "Vous interrompez mon repas, " dit-il brusquement. "C'est mieux d'être bon ou j'aurai votre diriger."

Le diplomate sourit. "Roi Tavio, Quel je un m sur à te dire va te faire sourire ! Nos agents de renseignement ont dit moi que le président des États-Unis a donné les granulés à son chef de l'armée à utiliser uniquement pour leurs véhicules militaires et ne peut être utilisé par le public. Les pellets seront se guéri par la militaire, et non un, y compris l'américain les gens, sera ont accès à quelconque granulés."

Le roi Tavio se leva de sa chaise dorée et étreignit le diplomate. "Roi Tavio," dit le diplomate, "qu'est - ce que vous vouloir à faire sur la Runyan ?"

"Rien," répondit le roi Tavio. " Tant que les pellets rester uniquement avec l'armée américaine, nous continuerons à _ Fabriquer de l'argent."

TREIZE

LILLY SE RENCONTRE LORI, SA UNIVERSITÉ COLOCATAIRE

Runyan résidence, Lilly's cellule téléphoner a commencé jouer musique. Lorsqu'elle a remarqué l'identification de l'appelant, elle a rapidement a répondu ce. Sa ancien Université colocataire, Lorie Docker, a été en attendant à parler à ça. "JE ne ' t croire cette, Lorie. Je peux 't croire cet est vous," Lily mentionné.

Haywood regardait la télévision quand il a entendu Lilly en parlant au sa téléphoner. Il était curieux, alors il approché Lilly, qui lui a chuchoté, "Chérie, c'est Lori Docker, ma   vieille Université colocataire."

Oh, Lori, tu te moques de moi ? » a déclaré Lilly au-dessus de la téléphoner. "Vous n'avez jamais été marié ? Vous avez été travail toutes ces années en tant que médecin pour enfants et vient d'être transféré de Washington, DC, à Détroit ? Vous travaillez à l'Hôpital des Petits ? C'est tellement génial ! Quand pouvons-nous obtenir ensemble ? je j'ai tellement à dire vous."

Haywood a commencé à s'éloigner quand il a entendu Lilly mentionner Oley Washington Jr.' le nom. Il s'est arrêté, s'est retourné environ, et approché Lily tremblement le sien diriger. Il

Pensée cette leur domicile peut ont été mis sur écoute

quand cea été cassé dans.

"Chérie," il chuchoté à Lily, " s'il te plait ne fais pas mentionnez le nom d'Oley, car certains agents étrangers pourraient être à l'écoute."

Lilly a hoché la tête en disant à Lori : "Nous devons nous rencontrer ensemble pour que je puisse vous en dire plus sur cette personne. Oui, Lori, nous pouvons rendez-vous au Pops Restaurant, à deux pas de votre hôpital. Ce sera super de vous revoir. Je pense que la dernière fois que nous nous sommes vus autre a été lorsque vous étaient Femme de ménage d'honneur à mon mariage. Je ne peux pas attendre à voir vous demain à 12 :3 0."

Lilly a placé son téléphone portable dans la poche de son pantalon et regardé Haywood. "Quel délice fantastique en parlant avec Lorie. Faire vous rappelle-toi ça ?"

"Bien sûr," dit Haywood en souriant. Il connaissait Lily très bien et n'était pas surpris par sa suivant déclaration.

"Chérie, ne serait-ce pas merveilleux si Oley et Lori avaient ensemble ?"

Haywood hocha la tête.

"Mon chéri, pouvez nous allons à Détroit demain et rencontrer Lorie pour déjeuner ? Vous prendre moi à là le restaurant et ensuite vous pouvez visite Ted Ruffen ou Père Parion."

Haywood hocha la tête. Il est entré dans le garage et a versé l'eau dans un seau et jeta des granulés dans l'eau. Il pour J'imagine que le garage avait des fenêtres où quelqu'un pouvait Regardez. Il a versé de l'essence dans son réservoir jusqu'à ce qu'il démarre débordant, ne réalisant pas qu'il y avait une caméra cachée dans le sien garage.

Le lendemain, Haywood et Lilly sont entrés au restaurant Pops. Lily tiré Haywood sur à la tableau où Lorie Docker était assis. Lori portait sa veste de docteur et très attirante, plus jeune que son âge, et toujours conservant sa silhouette de fille. Lori se leva et étreignit Lily et Haywood. Haywood a écouté pendant un moment comme Lilly a tout raconté à Lori à propos d'Oley. Puis il leur a dit : « Je vais visiter Père Parion, Père Steven, et sœur Marthe. Ce a été ravie de te revoir, Lori. Passe un bon moment, et chérie, c tout moi quand tu veux que je vienne te chercher." Il embrassa Lilly et à gauche là le restaurant.

Le père Pario fut surpris de voir Haywood, tout comme le père Steven et la sœur Martha lorsqu'il arriva à l'église presbytère.

"Haywood, viens dans mon bureau avec moi", Père Pario mentionné. "Je veux vous montrer nos plans pour le nouveau Oley Washington Sr. Jeunesse Centre. Vous n'avez pas idée comment enchanté la gens sont sur une jeunesse centre dans ce quartier. Non le temps est perdu. Je vais s comment vous nos plans de construction et ensuite nous sera marcher de l'autre côté la rue."

Le père Pario a montré le croquis du bâtiment affiché sur la Bureau mur. Le croquis montré une grand, une histoire construire pour remplacer l'ancien bâtiment vacant de la banque. Il a ri tandis qu'expliquant l'esquisser à Haywood.

"Nous allons pour garder l'immense coffre-fort d'Oley le nouveau bâtiment pour le stockage. Ce nouveau bâtiment aura une pleine grande salle de gym et une piscine olympique avec un grand plongeoir. Il y aura des chambres supplémentaires avec divers jeux pour enfants et adultes. " En pointant le r oreille du bâtiment, a- t -il expliqué, "La piscine sera utilisée pour notre nager se rencontre et pour que les enfants s'amusent à nager. " Il pointu à une autre pièce. "Cette sera être une chapelle dédiée

à Oley Washington Sr. et à le sien fils, Colonel Oley Washington Jr. Traversons la rue où la porte était et dans les bois. Je veux te montrer ce que nous sommes Faire."

Haywood a remarqué de nombreux véhicules garés dans la rue. Il n'y avait plus de porte et les gens s'affairaient à enlever vignes et haut herbe sur la clôture. Plusieurs personnes étaient fauchage les hautes herbes avec tracteurs. Ingénieurs étaient mesurer et poser des piquets avec des drapeaux. L'ancien bâtiment vacant de la banque en brique a été disparu.

"Nous avons a reçu approbation à partir de la Détroit ville les pères et le maire pour acheter le terrain et construire le nouveau centre de jeunesse. Beaucoup de ces personnes qui travaillent ici sont des membres d'église. C'est un miracle, Haywood. Certaines personnes travaillent ici sont des bénévoles de c'est n quartier. Cela se passe parce que vous avez décidé d'écrire une histoire sur une personne vivant dans notre quartier ".

Haywood hocha la tête, émerveillé. « Le coffre-fort est - il toujours là ? demanda - t -il.

Père Pario hocha la tête. "Oui. C'est alors grand étaient immeuble

La Nouveau immeuble environ ce."

Ils rirent et retournèrent à l'église. Père Pario vérifié la boîte aux lettres de l'église, trouvant plusieurs lettres habillées pour lui. Il n'y avait pas d'adresse de retour sur les enveloppes. Haywood regardé comme il Sam à le sien bureau, ouverture la enveloppes et retirer les chèques bancaires certifiés à l'ordre de le Oley Washington Sr. Jeunesse Centre pour 100 000 $. Chaque enveloppe électronique contenait un chèque de banque certifié du même montant et inclus une note. Père Pario commence à chanter, C'est un miracle. Il a remis les chèques et les notes à Haywood.

Le Remarques étaient tout la même. Père Parion,

Plusieurs d'entre nous pendant nos jours de collège

sont re responsable d'avoir fait passer Oley Washington Jr. l'enfer. Nous espérons que vous prierez Dieu pour donne nous. Nous avons également prié pour Dieu demande son pardon. Nous étions un groupe de jeunes collégiens étudiants qui écoutent nos médias, comme l'Américain les gens voulaient que quelqu'un arrête la guerre du Vietnam. Nous étaient insensé Université enfants. Nous n'avons pas connu Oley Washington Jr. était à Washington, DC pour recevoir la médaille d'honneur du Congrès de notre président. Nous espoir Oley Washington Jr. sera pardonner nous. Veuillez utiliser ces chèques pour payer l'Oley Washington Sr. Jeunesse Centre. Remercier vous.

" Dieu a répondu en entrant dans leurs cœurs, prompt leur soutien à notre Nouveau maison des jeunes,' ' Père Pario mentionné comme Haywood revenu la Remarque.

Haywood hocha la tête. Le de s k téléphoner
a débuté sonnerie,

Et le père Pario y répondit. La voix de Ted Ruffen était allumée l'autre extrémité. " Père Pario, Haywood Runyan est -il là avec vous ?"

" C'est Agent Ruffen, " il a dit, remise la téléphoner à Haywood.

Ted, cette est Haywood. Quoi pouvez je faire pour vous ?"

"Nous venons de recevoir information de notre directeur en Washington DC. Plusieurs officiers du renseignement étranger sont quelque part dans ce pays. Nous croyons qu'ils étaient responsables pour l'endommager dans ton domicile lorsque en regardant pour la

granules. J'ai appelé chez toi et je n'ai pas eu de réponse. Ce payé appeler le père Pario. Toi et Lilly faites attention car elles ou ils pourraient retourner à ton domicile."

"Je j'espère qu'ils le feront, car ce sera le moment de

récupérer ce qu'elles ou ils faits," Haywood mentionné.

"Haywood, je suis très inquiet pour toi et Lilly. Je parlé à notre réalisateur sur l'endommager à ton domicile, et Je veux une protection pour vous deux. Le réalisateur a permis-moi de vous donner deux agents de notre département. Agents Bicker et Bullord se sont portés volontaires. Ils sont maintenant à ton local police département, en parlant avec la police chef. Ils arriveront chez vous à votre retour. Dire Bonjour à Lily pour moi."

"Elle est à Pops Le restaurant avec une ami ayant déjeuner." "Allez là-bas," dit Ruffen. ' J'envoie deux agents le ré à présent. N'est-ce pas cette le resto à proximité la pour enfants hôpital ?"

"C'est celui -là", a déclaré Haywood. "L'amie de Lilly est une Docteur Lori Docker, son ancienne colocataire d'université. Je pars ici à présent."

Haywood tendit le téléphone au père Pario et courut à partir de l'église à le sien voiture.

Lilly et Lori avaient fini de manger leur déjeuner et étaient assis à la table parlant de leurs années d'université et Co l'on el Oley Washington Junior Deux étranger Hommes marché à une stand de l'autre côté à partir du tableau où les femmes étaient séance. Un garçon s'est approché des hommes et ils ont commandé du café. Lily est allée devenir un Sy tandis que l'homme a parlé et pour donner suite à voir à eux.

Un de L'homme se tenait et approché Lily et de Lori

Tableau. C'était un jeune homme, grand, de corpulence moyenne et longs cheveux noirs peignés en queue de cheval. Il portait pantalons sombres et une chemise de sport affichant l'Université de Washington. Il a commencé Parlant dans fortement accentuer Anglais, présentation lui-même. " Bonjour, filles, je un m Abdu Palio, et mon frère dans la cabine est Rabi." Nous vous avons entendu parler de l'Université de Washington, DC, où nous sommes les deux étudiants." Lilly a souri, se présentant ainsi que le docteur Lori Docker. Lori a ensuite invité Abdue et son frère Rab je à asseoir à leur tab l e.

Un serveur s'est approché en demandant : "Y a-t- il un Lill y Runyan ici ? M r s. Runyan, quelqu'un veut te parler sur notre téléphone." Il a pointé le téléphone, et Lilly l'a décroché en haut, audience Ted Ruffen.

"Lily, cette est Agent du FBI Ted Ruffen."

Lily, concerné demandé " l s Haywood, d'accord ?"

Ted a répondu : "Lilly, je viens de parler à Haywood dans Père Le bureau de Pario. Haywood va bien et en route pour Pops Resto, et J'envoie des agents là -bas en guise de protection pour vous et ton ami. Vous peut être dans danger. Don ' t rencontrer ou parler à quelconque étrangers. Haywood pouvez Explique à vous Pourquoi nous sont concerné."

"Remercier vous, Ted."

Lorie a été en regardant vers Lily tandis que les deux Hommes étaient parler, raconter des blagues sur l'Université de Washington, et ce que c'est que de rester là-bas. Lilly motion e d pour Lori, qui s'est excusée et a disparu chez les femmes salle de repos avec Lily.

Après leur départ, Abdue a chuchoté à Rabi, "Alors quelque chose est tort. Celui la demoiselle a reçu une téléphoner appeler et fait signe

Pour que l'autre dame la rejoigne. Les deux femmes sont entrées dans aux femmes salle de repos. Je pense nous avoir besoin à laisser cette le restaurant maintenant. " Ils n'ont pas payé ni donné de pourboire au serveur et ont quitté le restaurant, fonctionnement à l'Ir auto.

QUATORZE

SÉCURITÉ POUR LILLY, LORI, ET HAÏWOOD RUNYAN

Lilly Raconté Lorie sur le téléphoner appeler à partir de Ruffen. Lorie,

Regardé concerné.

« Croyez- vous que les hommes qui étaient assis avec nous étaient après nous ? " demanda-t-elle. " Oh mon dieu ! J'ai mentionné le colonel de Washington Nom, et elles ou ils les deux ri lorsque je à gauche la table."

Lily secoua la tête. "Je ne sais pas, mais on m'a dit pour nous à rester ici jusqu'à Haywood, ou la FBI arrive."

Haywood a garé sa voiture, remarquant deux véhicules du FBI banalisés alors qu'il a couru dans le restaurant et a regardé pour Lily et Lori. Ils n'étaient pas à table. Il s'approcha un serveur, qui a pointé la porte des toilettes. Une serveuse est entrée dans les toilettes, disant à Lilly que Haywood et nombreuses FBI agents étaient à présent dans la le restaurant.

Lori regarda sa montre et fit un câlin à Lilly. " j'ai à retourner à ma Bureau."

Ils à gauche la salle de repos, et Lily marché dans Foins-Les bois ouvert les bras, recevoir une embrasser. Lorie étreint les deux et à gauche avec une agent Suivant sa à sa auto.

Les deux étranges Hommes étaient disparus. Lily à gauche Haywood à vérifier Lori et l'agent qui a accompagné Lori jusqu'à sa voiture rassuré Lily cette Lorie a été bien.

Lily remercié l'agente, ensuite mentionné à Haywood, "Il y avait deux frères étrangers qui allaient à notre université à Washington, DC. L'un s'appelait Abdue Palio, et là l'autre était le rabbin. Abdue nous a approchés et Lori a demandé éd eux les deux à c'est à notre tableau."

UNE Garçon venu sur à Haywood et Lily. "Lorsque Lilly et son amie sont allées aux toilettes, les deux étrangers je reste et n'a pas Payer leur factures," il mentionné.

Haywood hocha la tête. "Chérie, c'est loin d'être ici à Washington, DC."

"Lorie et Je pensais qu'il s'agissait de jeunes étudiants. Nous voulions leur parler de leur expérience universitaire », elle expliqué. '1'm Pardon."

Un l'agent s'est approché de Haywood. " Tête Agent Ted Ruffen veut nous à suivre vous et Lily domicile," il mentionné.

" Merci, mais il n'est pas nécessaire que vous nous suiviez, " Haywood mentionné.

L'agent ri. " C'est le sien ordres. Vous connaître. Vous utilisé à travail pour lui. Faire toi tu vouloir à appeler lui ?

Haywood, rit, secouant la tête. "Tu as fait ton point. Allons aller domicile. "

Le lendemain, le téléphone de Haywood a sonné. Quand Haywood répondu, La voix du colonel Washington était de l'autre bout de ligne. "Haywood, comment allez-vous et Lilly ? Je vais tout installé dans ma Nouveau position ici dans Nevada. J'ai pris

Commandement de la base aérienne. Ça a été toute une expérience. J'ai récemment reçu de nouveaux bombardiers furtifs et pilotes, et nous sommes impliqués dans la formation. Je me demandais si tu as mon enveloppe que je t'ai envoyé avec de l'argent pour réparer les dégâts à ton domicile. Agent Ruffen mentionné vous eut une parcelle d'endommager."

"Oui, nous l'avons fait, Oley. Merci !" dit Haywood. "C'est une parcelle de de l'argent, et nous ont assurance à couverture quelques dû dégât. Donc, je vais juste garder cet argent pour te redonner lorsque nous voir vous encore."

"Je n'ai pas besoin d'argent", a déclaré Oley. "Garde -le pour toi et Lily. Êtes-vous deux Faire, d'accord ?"

"Nous j'ai FB -je agents rester ici avec nous," Haywood expliqué. "Apparemment, le roi Tavio, propriétaire du cartel pétrolier saoudien, a ses agents de renseignement qui nous recherchent." Haywood parlait fort donc s'il y avait des appareils d'écoute cachés" étaient chez eux, ils pouvaient l'entendre . "Le roi Tavio est un ami de Lester King, qui a participé à l'affaire de votre père décès. Lily veut à parler à vous."

Lilly a pris le téléphone de Haywood. "Colonel, là est quelqu'un que j'aimerais que vous rencontriez. Elle est pour enfants médecin au Little Ones Hospital de Détroit. Elle était ma colocataire dans Washington, CC, lorsque nous étaient Aller à la Université. Elle n'a jamais été mariée et est très attirante, et je lui ai tout dit sur vous. Quand tu viens à Detroit pour la cérémonie d'ouverture du centre jeunesse de ton père avec le père Pario, je vais vous présenter à elle. Son nom est Lorie Docker."

"JE ne fais pas savoir quoi dire sauf Merci pour tout vous

ont fait pour moi », a déclaré Oley. Je serai à la cérémonie d'ouverture avec ma mère et j'ai hâte de rencontrer Lori. et te voir ainsi que Haywood, Père Pario - tous mes nouveaux copains."

Lilly rendit le téléphone à Haywood. "Oley, c'est moi," Haywood mentionné.

"J'ai parlé avec Kyle Hampter hier", a déclaré Oley. "Il m'a dit que le gouvernement avait classé les plombs comme 'Peut faire.' Des laboratoires top-secrets et militaires travaillent sur la formule et utiliseront Can Do pour leur carburant. Haywood, qu'a été ne pas ma du père planifier-"

Haywood l'interrompit. "Ne vous inquiétez pas. Quand l'armée obtient tout l'essence le y avoir besoin, elles ou ils s devrait déclassifier   le pellet et Fabriquer eux disponible à la Publique."

" J'espère que tu as raison. Si mon père était encore en vie, il serait très contrarié par ce que l'armée fait avec le pellet. Le prix par gallon dans Nevada est à présent six dollars ou plus. Eh bien, mieux vaut y aller. Ce sera un plaisir de vous voir et Lily à ma du père jeunesse centre ouverture la cérémonie."

Haywood raccrocha le téléphone en secouant la tête et je regarde très perturbé.

"Que se passe-t-il ?" Lily demandé.

"Oley Raconté moi les pellets sont à présent Haut secret," il chuchoté. "Ils sont appelé 'Pouvez Faire,' et la militaire laboratoire sont travailler en g au la formule là. Il n'est pas content car le sien FA là voulait le Président à donner le pellet à la Publique."

Parce que tous les meubles eu été détruit dans la roder, Agents Bullord et querelle étaient ça va au la

Étage dans de Runyan domicile tandis que Lily fixé repas pour eux.

Quand ils eurent fini de manger, Haywood annonça

" Lil Lilly un d je es -tu Aller à o le Détroit Mal l à o avoir Nouveau meubles . "

"Nous11 aller avec vous," mentionné Agent Bullord.

"Puis qui protégera notre domicile ? Haywood demandé. Les messieurs acceptent de rester un t leur loger pendant que Bois de foin et Lily à gauche à aller achats

QUINZE

KING HASS M E N TAVIO ESSAIS UN DE PLUS TEMPS

One des diplomates du roi aux États- Unis appelé Roi Hassmen Tavio.

"Roi Tavio, ton intelligence officiers qui fauché dans Haywood Runyan à la recherche de pellets a planté plusieurs appareils d' écoute dans leur maison. Les officiers étaient à Le restaurant Pop's à Detroit , dans le Michigan, a pris contact hier une femme, Lilly, qui est la femme de Haywood , et est- il a été avec une ami qui a été habillé Comme une docteur. Lily a reçu un appel téléphonique et elle et son amie sont entrées dans le toilettes pour femmes et nos officiers sont partis. Ils ont entendu aujourd'hui sur leurs appareils d' écoute cachés dans la maison que Haywood et le sien épouse étaient Aller à la Détroit Centre commercial ."

"N'a pas l'un des mon peuple _ _ dire vous à laisser la Runyans seuls à moins qu'ils n'aient encore des granulés qui pourraient être distribués à la publ i c ?" Roi Tavio demandé.

Le dipl omate a répondu : " Oui , vos commandes ont été adressées à notre intelligence _ _ officiers, et elles ou ils toujours croire la Runyans ont pellets. Ils ont vu à partir de une caché caméra dans la

garage de Runyan hier que Haywood utilisait pel laisse et de l'eau pour faire de l'essence et la mettre dans l'essence de sa voiture Char."

"Nous avoir besoin à avoir celles granulés ", King Tavio mentionné.

" Avec ton autorisation, notre officiers sera avoir retour dans la Rentrez chez vous pour trouver les plombs aujourd'hui pendant qu'ils sont à _ le centre commercial " dit le diplomate. « Avons- nous votre permission ?

Roi Tavio en pause nombreuses minutes tandis que la diplomate wa je ted. "D'accord," il a répondu tout doucement. "Trouver le _ pellets et h o l d le m _ pour moi."

Agents du FBI Bullord et Bicker étaient assis sur le sol dans la maison Runya n regardant la télévision quand ils ont entendu un la fenêtre effraction Le garage. Ils a sauté , dégainèrent leurs fusils et poussé la porte à la garage.

Abd ue et Rabbi ont été choqués quand ils ont vu deux des fusils braqués sur eux . Agents Bullord et Bicker placés les deux hommes sur le sol, menottant leurs mains derrière leur dos. L'agent Bullo r d a dit à Abdue et au rabbin qu'il allait annoncer leur capture aux médias à moins que ils ont montré aux agents où ils cachaient l' écoute de vices dans la loger.

"Si nous enlevons les appareils d'écoute, voulez - vous nous laisser aller?" abdu demandé.

agents Bullord et Bicker hochèrent la tête, et Abdue commença supprimer en g la écoute _ _ _ _ appareils .

" C'est le dernier " , dit Abd ue en tirant sur le bouton à partir de le four. Ce regardé exactement Comme la autre boutons sur la four mais a été une écoute appareil.

Au total, six appareils d'écoute ont été remis à
Agent Biker.

Vous les avez tous maintenant », a déclaré Abdue,« Pouvons-nous partir? "C'est la deuxième fois que vous et votre ami entrez par effraction dans cette maison parce que vous saviez où vous aviez placé les appareils d'écoute la première fois que vous étiez ici", a déclaré l'agent Bullord. « Vous avez causé beaucoup de dégâts à cette maison ; par conséquent, vous et votre ami êtes en état d'arrestation.

L'agent Bicker a contacté le chef de la police locale, qui a envoyé trois voitures de patrouille au domicile des Runyan. Il a placé les hommes en état d'arrestation et les a accompagnés à la prison.

Le roi Tavio avait du mal à contacter son diplomate aux États-Unis. Il essayait de savoir si les plombs avaient été retrouvés, mais il a dû appeler plusieurs fois avant de pouvoir enfin joindre le diplomate.

Nos officiers ont-ils trouvé les plombs ? » Il a demandé.

Roi Tavio, vous devez vous asseoir », a déclaré le diplomate. Cette fois, le roi Tavio a crié : "Avons-nous les plombs ?"

Non. Nos hommes ont été arrêtés et sont maintenant dans la prison du pays en attendant leur procès », a répondu le diplomate.

Comment est-ce arrivé?" demanda le roi.

Lorsque nos officiers sont entrés par effraction dans la maison des Runyan, deux agents du FBI les attendaient », lui a dit le diplomate. Ils les ont trompés en enlevant le caché

appareils d'écoute, qui ont confirmé aux agents qu'ils étaient les hommes qui avaient planté les appareils lorsqu'ils ont fait irruption dans la maison à la recherche des granulés.

Il y eut une longue pause à l'autre bout du fil.

Roi Tavio, êtes-vous toujours là ? demanda le diplomate.

"Oui, je suis ici", a déclaré le roi Tavio. « Je ne comprends pas comment cela a pu arriver. Les appareils d'écoute n'étaient-ils pas allumés ? Pourquoi ne connaissais-je personne dans la maison ? »

Ils ont entendu Haywood parler d'aller au Detroit Mall

pour acheter des meubles. Le diplomate a expliqué. «Ils ont entendu une télévision, mais ont pensé qu'elle était restée allumée. Lorsqu'ils ont vu Haywood et sa femme quitter la maison, ils ont pensé qu'elle était vide et ont tenté d'y entrer. Mais deux agents du FBI étaient toujours dans la maison, et nos officiers ont été arrêtés. Que voulez-vous faire maintenant? "Nos officiers doivent être renvoyés dans leur pays d'origine, alors faites appel à un excellent avocat", a déclaré le roi Tavio. Comprenez-vous mes ordres ? » Oui, mon Roi, je comprends.

L'agent Bullord a contacté l'agent principal Ted Ruffen, lui parlant de l'arrestation et du fait que Haywood et Lilly étaient au centre commercial de Detroit à la recherche de meubles.

L'agent Ruffen a dit à l'agent Bullord : « Vous et l'agent Bicker restez avec Runyans jusqu'à ce que je vous contacte. Vous avez tous les deux fait une belle arrestation. Merci."

Haywood et Lilly étaient dans le magasin de meubles de Detroit en train de regarder des canapés et des chaises pour remplacer ceux endommagés par les officiers étrangers lorsque le téléphone portable de Haywood a sonné, "C'est Ted Ruffen." Il a chuchoté à Lilly.

Bonjour, Ted, dit-il. « Lilly et moi faisons du shopping. Qu'est-ce qu'il y a?"

Il écouta Ted expliquer les arrestations. Puis il a transmis l'information à Lilly. "Dommage que je n'étais pas là", a-t-il dit à Ruffen. "Cela aurait été le moment de la récupération"

Haywood, les hommes arrêtés travaillaient pour le roi Hassmen Tavio et ont été libérés de la prison du comté et renvoyés dans leur propre pays.

Nos directeurs sont satisfaits que les agents Bullord et Bicker puissent maintenanretourner à Detroit.

Ted, Lilly veut te parler », a déclaré Haywood en

tendant son téléphone à Lilly.

"Agent Ruffen, merci de m'avoir appelé au restaurant et d'avoir contacté Haywood et d'avoir envoyé vos agents pour me protéger, moi et Lori", a déclaré Lilly.

Ted gloussa. "D'accord, Lily. Je suis content que toi et Haywood soyez en sécurité maintenant. Prenez bien soin de cet agent du FBI à la retraite.

Vous pariez que je le ferai », a déclaré Lilly. Elle a rendu le téléphone portable à Haywood, qui a également remercié Ted de les avoir protégés.

Le roi HassmenTavio a de nouveau eu son diplomate américain au téléphone. Ramenez-moi au plus vite nos deux officiers, et vous venez avec eux. Comprenez-vous ?"

Roi Tavio, que va-t-il arriver aux deux officiers du renseignement et à moi à notre retour ?

Vous faites juste ce que je dis. Compris?" "Oui, mon roi." L'automne, l'hiver et le début du printemps passaient chez les Runyan. Haywood et Lilly n'étaient plus préoccupés par leur sécurité et ils ont acheté de nouveaux meubles, de la porcelaine, des matelas, des cadres pour photos et plusieurs nouvelles figurines. Haywood a réparé la porte arrière du garage, qui avait été forcée, a remplacé la fenêtre de la porte menant de la maison au garage et a placé de nouvelles serrures sur les deux portes.

Après que Haywood avait fini de nettoyer le garage, Lilly avait une autre demande.

"Puisque tout a été réparé et remplacé, j'espère que vous vous débarrasserez de ces plombs.

Vous avez un nouveau bureau et maintenant vous pouvez écrire votre histoire, mais s'il

vous plaît, débarrassez-vous de cplombs.

Haywood a commencé à répondre lorsque le téléphone a sonné. C'était le Pario.

Haywood, le centre de jeunesse Oley Washington Sr. est terminé. La grande cérémonie

D'ouverture aura lieu samedi. Sœur Martha a parlé au colonel Oley Washington Jr., qui

prévoit d'amener sa mère et son amie. Est-ce que vous et Lilly assisterez à la cérémonie ?

Nous serions ravis de vous voir.

"Nous y serons", a déclaré Haywood. Lilli amènera le docteur Lori Docker pour rencontrer le colonel.

"C'est un miracle ! C'est un miracle! exclaim le prêtre.

Haywood sourit et raccrocha le téléphone.

SEIZE

CÉLÉBRATION
D'OUVERTURE

Ce samedi-là, Haywood a conduit sa voiture dans un parking nouvellement pavé. Pendant un moment, lui et Lilly ont regardé par le pare-brise en admirant le nouveau bâtiment. Beaucoup d'adultes et L'Enfant's se dirigeaient vers l'entrée. Une immense banderole était accrochée, à côté des portes ouvertes, déclarant « Grande cérémonie d'ouverture ». Le bâtiment abritant le Oley Washington Sr. Youth Center était en calcaire et était beaucoup plus grand que l'ancien bâtiment de la banque qui se tenait à sa place. Au lieu d'être couvert d'arbres et de broussailles envahis par la végétation, il était entouré de fleurs, de petits conifères et d'arbres plantés. Au-dessus de l'entrée se trouvait une énorme croix dorée avec les mots "Oley Washington Sr. Youth Center". Plusieurs immenses fenêtres étaient à l'avant du bâtiment.

Alors que Haywood et Lilly étaient assis dans leur voiture en admirant le nouveau bâtiment, un hélicoptère a survolé. Ils sortirent tous les deux de la voiture et levèrent les yeux, regardant l'hélicoptère atterrir dans un petit espace entre les bois et le nouveau parking.

"Chérie! C'est un hélicoptère militaire, et je parie que c'est le colonel et sa mère, cria Harwood par-dessus le bruit.

Alors que les portes de l'hélicoptère s'ouvrent, Lilly a été choquée lorsqu'elle a vu sa colocataire d'université, Lori Docker. Maintenant, elle comprenait pourquoi elle ne pouvait pas joindre Lori et lei parler de l'inauguration du centre jeunesse. Lori descendit la rampe de l'hélicoptère en tenant la main du colonel et de sa mère. Haywood regarde Lilly, hochant la tête et riant. Le colonel, sa mère et Lori ont marché sur la voiture de Runyan, où Lori a étreint Lilly et Haywood. Puis Oley et sa mère les ont embrassés. Le père Pario se précipita en criant: C'est un miracle! C'est un miracle!"

Lilly prit une profonde inspiration, "Lori, je ne savais pas' que tu connaissais le colonel."

Lori sourit et serra dans ses bras le colonel Oley Washington Jr.

"Nous connaissons depuis qu'Oley m'a contacté."

Lori a ri et le colonel Washington a expliqué:

"Tu m'as parlé d'elle, alors j'ai décidé de l'appeler."

Lilly hocha la tête. "Mais je ne t'ai jamais donné le numéro de téléphone de Lori."

Lori et le colonel ont ri

"Oley a appelé l'hôpital pour enfants et a demandé à me parler",

Lori a expliqué. "Il m'a invité à venir au Nevada et à rencontrer sa mère.

Depuis que tu m'as parlé de lei, je voulais le rencontrer. Tu avais raison. Oley est tout ce que tu m'as dit et plus encore. Nous some's vous dès que nous le pouvons.

Lilly avait toujours l'air surprise. « Avez-vous volé en hélicoptère du Nevada jusqu'ici?

Le colonel secoua la tête "Nous l'avons récupérée à l'héliport de son hôpital et l'avons amenée ici avec nous."Le père Pario a suggéré qu'ils entrent dans le nouveau centre pour jeunes, mais lorsque Haywood a vu plusieurs véhicules du gouvernement se garer dans le parking, il s'est arrêté. "Attendons un moment," dit-il "Les agents Ted Ruffen, Bullord et Bicker sont ici."

Les agents les ont rejoints, et après plusieurs poignées de main, ils sont tous entrés dans la nouvelle maison des jeunes. Sœur Martha et le père Steven les ont accueillis. Haywood, avez-vous déjà publié votre nouveau livre? demanda sœur Marthe.

"Je travaille toujours dessus", a déclaré Haywood

Fred Roll, avec ses employés Sally et Barney, apportait de la nourriture et des boissons aux personnes célébrant le nouveau centre de jeunesse. Le père Pario est monté sur le podium et a demandé que Cardinal Blessings vienne sur le podium et offre une prière. Ensuite, le père Pario a invité le colonel Oley Washington Jr. à le rejoindre sur le podium.

Le colonel Oley Washington Jr. s'est approché du podium et a étreint le père Pario avant de parler.

Ma mère et moi tenons à remercier tout le monde ici, les bâtisseurs qui ont construit ce nouveau centre jeunesse, tous les bénévoles qui ont travaillé sur ce projet. Puis il a demandé à Haywood et Lilly de le rejoindre. Main dans la main, ils montèrent sur le podium. Le colonel se tenait en larmes en racontant sa nouvelle vie qui avait été créée à cause de Haywood et Lilly. "S'il n'y avait pas ces deux personnes, je sortirais toujours ma nourriture des poubelles et je vivrais dans un coffre-fort de banque. Haywood, s'il vous plaît, dites aux gens ici ce que vous et Lilly avez fait pour me sauver.

Haywood a de nouveau étreint Oley. "Lilly et moi étions à la tête-

En rentrant du Canada quand elle m'a dit dans un bus, 'Haywood, tu crois que les gens qui vivent dans ces quartiers vivent comme nous?' Je lei ai dit : 'Chérie, tu viens de me donner l'idée d'écrire un livre sur quelqu'un qui vit dans ce quartier et qui est comme nous'. Le père Pario était responsable de ma recherche d'Oley Washington Jr. Oley a répondu: "Avez-vous déjà commencé à écrire votre livre?" Oley a répondu: "Avez-vous déjà commencé à écrire votre livre?"

Ensuite, tous les adultes assis dans le centre pours jeunes se sont levés en applaudissant et en criant: Nous voulons votre livre!

Lorsque les choses se sont calmées, Oley a poursuivi son discours: Lilly, tu m'as aidé à Washington, DC, quand tu as appelé l'ambulance après avoir été battu par ces collégiens. Le jour où je t'ai revu, ma mémoire est revenue. Ma mère et moi ne pouvons vous remercier assez ni l'un ni l'autre pour ce que vous avez fait.

Le père Pario a pointé du doigt Haywood et a dit et dit à la foule: Grâce à toutes ces personnes merveilleuses, nous avons maintenant un centre de jeunesse Oley Washington Sr. à utiliser par tout le monde. C'est un miracle, un miracle de notre Dieu" Tout le monde se leva en applaudissant. Plus tard, Haywood a eu l'occasion de parler seul au colonel Washington. Colonel, ça marche. Lorsque les granulés de formule sont placés dans un récipient en acier solide, ils se massent en une goutte et continuent à reproduire plus de granulés.

L'agent Ted Ruffen s'est approché de Haywood et Oley, leur disant: J'ai entendu parler de vos plombs. Vous devez être très prudent dans leur utilisation, car les plombs, connus sous le nom de Can Do, appartiennent désormais à nos militaires et sont classés top secret. Ne faites rien avec les plombs qui pourrait vous faire arrêter.

Son visage devenant rouge de colère, Haywood a

demandé, "prévoyons-nous de m'arrêter si je continue à utiliser les plombs?" Ted hocha la tête. "Nous avons toujours été de grands amis, Haywood." Il murmura. "Soyez juste prudent lorsque vous les utilisez." Utilisez-vous des granulés?

Ted éclata de rire. "Mon réservoir d'essence est plein d'eau et de pellets."

Oley a interrompu: «Vous devez tous les deux être très prudents pour que personne ne vous voie utiliser les plombs. Mon père serait très heureux d'apprendre qu'une partie du public utilise les granulés.

Alors que Haywood et le colonel retournaient au centre pour jeunes, ils trouvèrent Lilly, sœur Martha et Lori en train de se parler. Lori a serré le colonel dans ses bras et a dit: Est-ce que tout va bien? Le colonel sourit « oui. Haywood et moi avons dû parler.

"Nous aussi," dit Lori "pouvons-nous voir la nouvelle piscine avant de partir?"

Ils sortirent sur la terrasse de la piscine, regardant des familles avec des enfants nager. Le père Pario s'est approché d'eux et leur a demandé: N'est-ce pas un endroit merveilleux que Dieu, Haywood et le colonel Washington ont donné à notre quartier? Merci merci. C'est un miracle. C'est un miracle."

Ils ont laissé le père Pario à la piscine et se sont approchés de l'hélicoptère militaire. Les gens qui avaient assisté à la célébration du centre jeunesse y prenaient maintenant des photos. Lori, Lilly, Haywood, le colonel et sa mère ont partagé plus de câlins et ont dit au revoir et que Dieu vous bénisse. Haywood a regardé Lori, le colonel et sa mère entrer dans l'hélicoptère et quitter la zone. Haywood et Lilly se tenaient la main en revenant à leur voiture. Lilly souriant regarde Hay-

bois, en disant: Chérie, je suis si fier de toi. Ce quartier se souviendra toujours de nous pour ce que vous avez fait. Nous avons de si bons nouveaux amis à Lori, le colonel Washington et sa mère. Je suis tellement heureux que nous ayons pu faire partie de cet accomplissement pour donner au père d'Oley un mémorial aussi grand et durable.

Haywood a répondu en serrant et en embrassant Lilly. Ils sont rentrés chez eux et ont trouvé leur maison intacte, les nouveaux meubles aussi beaux que le jour où ils les ont achetés. Haywood a vérifié la goutte de granulés encore dans le boîtier en acier et le seuil de production. Lilly regarda Haywood en souriant, réalisant qu'elle n'allait pas empêcher Haywood de l'utilisation des granulés.

Wood, en disant: «Chérie, je suis si fier de toi. Cette quartier se souviendra toujours de nous pour ce que vous avez fait. Nous avons de si bons nouveaux amis à Lori, le colonel Washington et sa mère. Je suis tellement heureux que nous puissions faire partie de cet accomplissement pour donner au père d'Oley un mémorial aussi grand et durable.

Haywood a répondu en serrant et en embrassant Lilly. Ils sont rentrés chez eux et ont trouvé leur maison intacte, les nouveaux meubles aussi beaux que le jour où ils les ont achetés. Haywood a vérifié la goutte de granulés encore dans le boîtier en acier et le seuil de production. Lilly regarda Haywood en souriant, réalisant qu'elle n'allait pas empêcher Haywood d'utiliser les plombs.